2000 年 2 月 7 日作者向国务院总理办公会议汇报建设青藏铁路项目建议书

作者在踏勘青藏铁路途中在那曲给铁道部第一勘测设计院勘测队员讲话

作者在西藏工布江达县雪卡水电站向马凯同志汇报西藏电力建设情况

青海至拉萨正负 400 千伏直流输电线路开工典礼

作者在中亚天然气管道开工仪式上与当地长老们祈福

作者和长老为中亚天然气管道奠基

土库曼斯坦人民载歌载舞庆祝中亚天然气管道竣工

作者陪同纳扎尔巴耶夫总统启动中哈原油管道按钮

神州穿越

张国宝　著

北　京
冶　金　工　业　出　版　社
2018

内 容 提 要

本书作者长期分管国家重大建设项目和组织制定经济发展规划。因工作关系，作者走遍了中国的大江南北。本书的内容重点不是讲述具体项目的决策论证过程和地区经济情况，而是介绍了这些地区人文历史和趣闻轶事，以一种游记类的轻松文体将所到之处的历史、地理知识和作者从事的重大工程建设项目、地区经济发展融为一体。为读者了解项目以外的东西提供了一个有趣的视角。

本书将带领读者领略祖国的大好河山，让您有身临其境的感觉。所述的历史地理知识和趣闻轶事有许多是鲜为人知的，既有知识性又有趣味性，一定会打开您的兴趣之门。

图书在版编目(CIP)数据

神州穿越/张国宝著. —北京：冶金工业出版社，2018.5（2018.9 重印）
ISBN 978-7-5024-7792-9

Ⅰ.①神… Ⅱ.①张… Ⅲ.①散文集—中国—当代 Ⅳ.①I267

中国版本图书馆 CIP 数据核字(2018)第 092523 号

出 版 人　谭学余
地　　址　北京市东城区嵩祝院北巷 39 号　邮编　100009　电话　(010)64027926
网　　址　www.cnmip.com.cn　电子信箱　yjcbs@cnmip.com.cn
策划编辑　任静波　责任编辑　于昕蕾　美术编辑　彭子赫
版式设计　孙跃红　责任校对　李　娜　责任印制　牛晓波
ISBN 978-7-5024-7792-9
冶金工业出版社出版发行；各地新华书店经销；三河市双峰印刷装订有限公司印刷
2018 年 5 月第 1 版，2018 年 9 月第 3 次印刷
148mm×210mm；5.25 印张；2 彩页；108 千字；153 页
39.00 元

冶金工业出版社　投稿电话　(010)64027932　投稿信箱　tougao@cnmip.com.cn
冶金工业出版社营销中心　电话　(010)64044283　传真　(010)64027893
冶金书店　地址　北京市东四西大街 46 号(100010)　电话　(010)65289081(兼传真)
冶金工业出版社天猫旗舰店　yjgycbs.tmall.com

序

四月杪，收到老友国宝同志所著的一本书的清样。此前通信，知他正在整理材料，要把他在祖国各省市区工作中亲历亲见的人、事、景等写出来，并嘱我为之序。待打开邮包，首页赫然看到吴邦国同志为其题写的书名《神州穿越》；接着拜读国宝自撰的前言，中谓“这样的一些散文或游记倒有点像跨越历史的穿越”，但与近年流行的“时空颠倒，把人物置于千百年前或未来世界”的穿越剧不同，“文中所述的人文历史地理是真实的，而不是虚幻的、戏说的、歪批的，有的经过考证还纠正了一些谬传的历史”。待我翻开正文清样细读时，竟然“一发而不可收拾”，难以释卷，几乎是一口气读完的。国宝的文章也是在神州大地上穿越，领着我——相信还会有很多人被他的文章牵领着，穿越了960多万平方公里的河山，穿越了过去的一百多年近代史，甚至穿越了一两千年。

我之油然而生穿越之感，主要由于三点。一是国宝记述的地方，除了西藏，我也都去过，有的地方去了还不止一两次，但与国宝比起来，我近乎“入芝兰之室”而无所见、无所闻、无所究、无所述；而他却自称“还不够勤快”“没有把更多的故事记录下来”，这就更让我愧赧了。他的记述引发出我许多的回忆，不啻如相携重游故地，且教给我许多新知。二是他时时举出翔实的数字、时间、方位，如数家珍，若不是博闻而强记，又随时笔录，何能至此！而且他叙述的许多事有的与他的工作职责并没有太大关系，由此可见其工作、观览时之不厌缕细、不惮繁复。三是十六篇随想随笔式佳文，毫无雕饰枝蔓，款款道来，皆是平白直叙的语言。书并不厚，但我握于手却觉其重，因为在这些并不炫目的文字中却时时让人读出蕴于其胸中的对各地工农，对国土的边边角角、山川大漠，对中华民族的历史文化，对各少数民族人民的深情。由一些篇章中，还可窥到国宝有着对其所至的环境、未知事物的好奇心和寻根究底的习惯：他是在用心、动情地做事。原来，这是他博学、勤奋的动力之一，也是我和他的差距之所在。我的这些感受来自书中《点亮雪域高原之光》《新疆随笔》《鲜为人知的腾冲》等等几乎所有篇章，其中内容无须我复述，相信不少读者也会有与我同样的感觉。

最后，我想说，国宝在其所担任的各级、各种职务岗位上，都是尽心尽力尽责的，都为共和国做出了应有的贡献，所以他才能也才敢说出这样的话：

“政治领导人和经济规划的工作者应以广阔的全球视野和深邃的战略眼光来谋划和决定这类重大基础设施项目。”（见本书正文第9页）

我想，这段话，连同全书，是他大半生辛勤工作所得出的经验，由此也可让广大读者了解到，我们的干部，尤其是领导干部，在做什么、想什么、是怎么做的，为什么这样想、这样做。由此，我想开去，希望在浩瀚的书海中多出现些这样的书。

谨书此短文赘于书端，以与国宝互勉。

许嘉璐

2018年5月6日

马克思诞辰之次日

前　　言

近年流行穿越剧，时空颠倒，把人物置于千百年前或未来世界。也许一些年轻人爱看这种虚幻的穿越剧，但是我可能有代沟，不喜欢这种荒诞的穿越剧或穿越小说。现在还有一些“戏说”“歪批”历史事实的电视剧，把真实的历史搞乱了，一些人把此类戏说当成了真实的历史。

中国有厚重的历史，辽阔的国土，在神州大地上有许多威武雄壮的历史故事。我从20世纪80年代初到原国家计划委员会（现国家发展和改革委员会）工作，前后经历了七个五年计划，先后分管过能源、交通基础设施，工业、高科技和国防动员等工作。因工作关系，我有幸走遍了包括中国台湾和中国香港、中国澳门在内的全国所有省、自治区、直辖市、特别行政区。有的时候我把所到地区的人文历史地理记录下来，和该地区正在规划或建设的工程项目或现在正在发生的一些趣闻轶事放在一起叙述。例如，我曾到甘肃张掖，汉朝名将霍去病在张掖击败匈奴，迫使匈奴三部投降以及蒙古灭西夏，为什么张掖的西夏大佛寺没有被烧毁？为什么张掖的掖是提手旁的动词，而不是月字旁的名词？本书中也讲到了张掖现在是全国最大的玉米种子繁育基地，这可能很多人不知道。传说中杨贵妃爱吃的荔枝是用快马驿站接力式地送到唐朝首都长安，荔枝真的来自于岭南吗？可能的传递路线在哪里？明朝永乐皇帝朱棣死于何时何地？塞北名城多伦为什么会衰落？新疆库车大峡谷是怎么发现的？攀枝花钢铁厂厂址为什么叫弄弄坪？在本书中，我把这些有趣的史实介绍给读者，上述问题也可以在本书中找到答案。本书中还有一篇介绍了海峡两岸在兵戎相见年代和实现“三通”后金门的巨变。昔日的军事设施成了今日的旅游景点。大家知道抗战时期为了向国民党大后方运送战略物资修建了史迪威公路，但鲜为人知的是当时还建设了史迪威管道输送油料。本书还介绍了全国唯一以花命名的城市——攀枝花的趣闻轶事。这样的一些散文或游记倒有点像跨越历史的穿越，因此我把这本书取名为《神州穿越》。和穿越剧不同的是，文中所述的人文历史地理是真实的，而不是虚幻的、戏说的、歪批的，有的经过考证还纠正了一些谬传的历史。例如，导致把东北的南满铁路从俄国割让给日本的《朴茨茅斯条约》，这个朴茨茅斯究竟在哪里？宋庆龄、宋蔼龄、宋美龄三姐妹是就读于同一所卫诗礼女子学院吗？本书一篇篇富有知识性、可读性、现实性的文章，把文中所述地区的厚重历史、山川地理、今日新貌介绍给读者。本书当然不只是为了猎奇而讲述过去的故事，也讲到了新疆独山子石油储备基地、果子沟大桥，三线建设中第二汽车制造厂建设的轶事，塞北1000万千瓦风电基地和锡林郭勒盟的煤海、特高压输电线路的争论等。本书中讲述的故事包括新疆、甘肃张掖、云南腾冲、连接川陕的米仓古道、湖北十堰、金门、四川攀枝花、西伯利亚大铁路等。现在回想起来，遗憾的是还不够勤快，没有把更多的故事记录下来。

我尊敬的老领导吴邦国同志欣然为本书题写书名，著名国学大师、全国人大常委会原副委员长许嘉璐先生作序，对他们的厚爱我深为感动。本书出版还得到老朋友冶金工业规划研究院院长李新创等同志的帮助，在此一并表示衷心的感谢。

张国宝

2018年2月

目　　录

西伯利亚大铁路随想

2010年年初我陪同时任国家副主席习近平访俄时来到符拉迪沃斯托克（原海参崴）火车站，矗立于火车站中的西伯利亚大铁路起点标志上醒目地写着西伯利亚大铁路（Trans-Siberian Railway）起自莫斯科，到符拉迪沃斯托克，总长9332公里，跨越了八个时区，这是目前世界上最长、最壮观的铁路。共有大约1000列货运和客运列车奔跑在这一钢铁大动脉上。车里雅宾斯克以西，于19世纪中建成；以东长7416公里，于1891年始建。1916年全线通车。其实我多次到过这一起点标志，每次看到都会浮想联翩。

这条铁路建于近100年前，以当时的技术水平和财力建设这么长的铁路要经过怎样的论证和决策？我在任国家发展改革委副主任分管交通工作时也参与过青藏铁路、京沪高铁、温福铁路等的论证和决策，设想西伯利亚大铁路放在今天中国的环境和程序下去决策会有怎样的争论和结果？首先巨大的投资从哪里来？我想当时建设这样一条铁路也是靠沙俄政府财力，不大可能像现在这样市场化运作。可以设想这样一条铁路占当时沙俄政府财政收入的比重会比今天青藏铁路或京沪高铁占我国财政收入的比重大很多。此外现在我们在规划铁路时往往要求线路上的运量要超过年1000万吨以上。为此，在我主持制定铁路中长期规划时曾经和铁道部及评估专家有过争议。我曾在规划会上陈词说："有的情况下当前运力没有达到1000万吨，但一旦修了铁路，潜在运力就会诱发出来。运力超过1000万吨需要筑铁路，和运力没有1000万吨，但筑了铁路后运力超过1000万吨，有时是双向影响的。如果不是筑了铁路，石家庄至今可能还是一个庄而不是省会。"对于重大基础设施往往不能只算经济账，而要考虑政治账和历史账。江泽民同志关于建设青藏铁路的批示中讲到了这一点。

从16世纪开始，沙俄在亚洲扩张领土，攫取了面积达1200多万平方公里的整个西伯利亚地区，占亚洲陆地面积近1/3。这里有一望无际的森林和草原，肥沃的土壤以及丰富的矿产资源，但距离沙俄的欧洲部分太过遥远，且自然条件恶劣。自16世纪末以来，历代沙皇只是将这里作为苦役的流放地。

19世纪末期，俄国进入工业化时期，当时英美日等列强也正在远东激烈角逐，使西伯利亚的战略地位凸显出来。为了牢固占有这片远离欧洲的土地，也为了实施沙俄蚕食亚洲的“远东政策”，沙皇决定修建一条贯通整个西伯利亚的大铁路。

19 世纪中期，有关部门为修建铁路进行了大量论证工作。1890 年，沙皇亚历山大三世正式颁发命令，决定首先从最东端的符拉迪沃斯托克动工。1891 年 5 月，皇储尼古拉（即后来的末代沙皇尼古拉二世）亲临符拉迪沃斯托克主持铁路奠基仪式。1892 年 7 月，铁路工程又从车里雅宾斯克往东修建。俄国政府对该工程高度重视，于 1892 年成立了“西伯利亚大铁路特别管理委员会”，皇储尼古拉亲自出任主席，相当于我们现在的建设领导小组组长。

西伯利亚地区密布河流湖泊、沼泽、永久冻土层与山，气候恶劣，冬季温度能达到零下 50℃，而在盛夏又经常出现近 40℃的高温。巨大的温差经常造成钢铁脆裂、设备损坏，建设铁路异常艰苦。

在极其恶劣的条件下，成千上万的俄国贫苦农民以及服苦役者被征调参与了施工。西伯利亚大铁路修建过程中，俄国曾多次派人到我国的山东、河南及东北各地招募工人，前后达几十万人。这些中国工人除一部分修建后来的东清铁路外，其余大部分来到西伯利亚的铁路工地上劳作。据说，西伯利亚大铁路东段的桥梁和隧道工程大部分是由中国工人完成的，很多人因劳累致死。另外，俄国还必须为铁路的修建付出高昂的代价。作为欧洲经济比较落后的一个国家，俄国几乎要倾尽国力才能承担起惊人的费用。仅在1891~1901年间，俄国就为西伯利亚大铁路花费了14.6亿卢布，远超过了同期的军费开支。经过13年的艰辛努力，1904年7月13日，这条世界最长的铁路才开始通车，而收尾工程则延续到了1916年。西伯利亚大铁路建成初期，这条线上行驶的列车非常豪华，铺着厚厚的地毯，装饰着在巴黎博览会上使用的橡木板，很多旅客都是慕名而来的。

到了苏联时期，为加快开发西伯利亚和远东地区，决定修建第二条西伯利亚铁路（贝阿铁路）。贝阿铁路西起西伯利亚大铁路的泰舍特站，经勒拿河畔的乌斯季库特、贝加尔湖北端的下安加尔斯克、赤塔州的恰拉、阿穆尔州的滕达（漠河对岸，现在是中俄原油管道起点）、哈巴罗夫斯克（伯力）边疆区的乌尔加尔、共青城，直到日本海沿岸的苏维埃港，全长4275公里。贝阿铁路由苏联铁道兵部队建设，1984年年底竣工，1985年正式通车。

西伯利亚大铁路的建设改变了近代远东的政治经济格局，对当时的中国产生了巨大影响。由于当时沙俄一直觊觎中国的东北地区，因此西伯利亚大铁路在俄国的侵略政策中占有重要地位。西伯利亚大铁路开工后不久，俄国财政大臣维特就主张铁路干线应通过中国东北直达符拉迪沃斯托克，这样就可拉近中国东北与俄国之间的联系。恰在此时，清政府在甲午战争中一败涂地，被迫签订了割地赔款的《马关条约》。最初《马关条约》不仅割让了台湾、澎湖，还包括辽东半岛。帝国主义列强在远东展开了角逐，为了抑制日本在远东的势力，俄国联合德法两国进行干涉，即为“三国干辽”，迫使日本“吐出”了辽东半岛。俄国乘机秘密制订了所谓的“亚洲黄俄罗斯计划”。这一计划的基础，便是在修建西伯利亚大铁路的同时，修建穿越中国东北并南伸至大连的铁路。因干涉还辽“有功”，俄国获得清政府的回报。1896 年，李鸿章作为特使赴莫斯科祝贺沙皇尼古拉二世加冕时，俄国人诱迫他签订了《中俄密约》，决定在中国境内修建西伯利亚大铁路的支线，并命名为东清铁路，后又称中东铁路。1898 年，东清铁路动工修建，1903 年 7 月 14 日全线通车。

西伯利亚大铁路竣工后，给俄国带来了巨大的地缘政治利益。通车后，这里的第一个变化就是人口迅速增长。1863 年时，西伯利亚人口仅为 286 万人，到 1914 年已达 962 万人。在大铁路沿线两侧，众多的城市涌现出来。西伯利亚一跃成为俄国主要的农牧业基地，到十月革命前，西伯利亚谷物产量已占全国的17%。同时，西伯利亚的工业也得到了发展。随着铁路建设应运而生的采煤业、木材加工业、冶金业等在远东开始出现，拉动了整个俄国经济的发展。特别是在第二次世界大战前后，俄国远东地区成了抗击德国法西斯的后方，一些原子能工业、军工产业部署于此，这里也是俄国太平洋舰队的基地。

俄日围绕中东铁路展开了激烈的争夺。由于日本将中国和朝鲜视为禁脔，必然与向东扩张的俄国发生冲突。日本人对俄国1891年开始建设西伯利亚铁路坐立不安。为此，日本政府联络英美等国向俄国施加压力，试图阻止西伯利亚大铁路的修建，不过未能奏效。

1904年年初，日俄之间的战争大有一触即发之势。根据日本方面的分析，虽然俄国的整体军事实力要强于日本，但其在远东的兵力有限，补给也很困难。当时西伯利亚大铁路只剩下环贝加尔湖100多公里长的一段还未建成，如果铁路竣工，俄国在远东的军事劣势将得到根本扭转。于是在日本军部首脑山县有朋等人的极力坚持下，日军于1904年2月8日以偷袭的方式向俄国不宣而战。战事的发展进一步证明了这条铁路的重要性。

战争开始后，准备充分、拥有地理优势的日军取得了主动，连败俄军，攻占旅顺。俄方则拼命赶工，在1904年7月13日强行开通了西伯利亚大铁路。靠着这条铁路，俄国在短时间内从欧洲调动大量军队到远东前线，最终在兵力上超过了日军，从而在局部挽回了败局。正因如此，1905年结束的日俄战争，虽然日本战胜，但还是有了妥协性的《朴茨茅斯条约》。日本从俄国人手里夺取了中东铁路，后改名为南满铁路。后来，苏联深深体会到西伯利亚大铁路的重要性，又进一步对其改造和完善，并在1945年的对日作战中再次发挥出它的巨大作用。

在苏联时期，政府为这条世界上最长的铁路投入了大量补贴，但时至今日，由于票价提高，能负担这么长行程火车票的俄罗斯人已经不多了。现在一张火车票的价格为12000卢布，约合465美元。这条铁路线上的列车服务质量和卫生设施每况愈下，乘客也越来越少。现在，俄罗斯国家铁路公司计划将一列新的列车“金鹰”号投入使用，希望能再现西伯利亚大铁路往日的辉煌。这趟列车共有21个客车车厢，每个车厢都有单独的淋浴、地板采暖和等离子电视，还可以到酒吧品品美味的鸡尾酒。

2006年俄罗斯交通部副部长亚历山大·米沙林表示，未来两年内，俄罗斯将拨出1140亿卢布，相当于345亿人民币（和青藏铁路初期的预算差不多），用于西伯利亚大铁路的改造工作。米沙林表示："在'俄罗斯 2010 年前交通运输系统现代化改造'联邦专项计划的框架内，政府将拨款 2410 多亿卢布对西伯利亚大铁路进行改造。"而拨巨款改造这条大铁路的目的仍然主要是俄罗斯的战略利益。因为在欧亚间 6000 多亿美元的贸易额中，只有不到 1%是通过这条铁路实现的，从经济效益角度不会很理想，如能增加过境贸易，可以为俄罗斯带来每年 60 亿美元的收入。

回顾俄国西伯利亚大铁路的决策、建设、运营及围绕这条铁路的地缘政治角逐，我们可以从中领悟不少东西。重大基础设施的决策往往不只是从经济性考虑，而是影响长远，甚至影响到历史进程，必须体现政府意志。我甚至在想，当年隋炀帝挖运河真的是为了乘龙舟下扬州吗？还是为了解决漕运？是不是为了抹黑隋炀帝，达到推翻他的目的，说成是为了自己玩乐挖运河？结果成了历史定论。但不管历史真相如何，大运河至今仍发挥着巨大的作用。在当今市场化已经很普遍的情况下很多事情可以交由市场来做，但仍有不少重大基础设施和重大装备要有国家意志，投入国家财力。

我在主持编制铁路中长期规划时，我国铁路运行总里程只有 6 万公里，现在已发展到 9 万公里，铁路建设中仍有不少线路投资要靠政府下决心来投，还不能全部推向市场。青藏铁路得以二次上马，和当年毛泽东主席接见尼泊尔国王比兰德拉时大手一挥，“我们要把铁路修到尼泊尔去!”的雄才大略有关。青藏铁路修到拉萨后没有立即向日喀则延伸。青藏铁路延伸到日喀则是我退休前非常想实现的一个愿望。非常幸运，在我临近退休前，国务院常务会议审议了拉日铁路，张平同志特意安排我去汇报，了却了我的这一愿望。日喀则通车后通往尼泊尔难度就不是太大，只待依形势作出战略决策了。我在担任国务院振兴东北地区等老工业基地办公室主任之初，利用2004年3月全国人民代表大会召开的机会，撮合铁道部和东北三省书记、省长在职工之家签署了建设哈尔滨至大连的哈大高铁协议，2012年12月1日哈大高铁正式运营了，我感到非常欣慰。

像西伯利亚大铁路这样影响地缘政治，有着深远历史影响的基础设施建设还能举出不少，例如，近年建成的中亚天然气管道起自土库曼斯坦，经乌兹别克斯坦、哈萨克斯坦到中国，正在建设起自印度洋畔皎漂港的中缅油气管道，都对地缘政治和能源区域布局产生着深远的影响。政治领导人和经济规划的工作者应以广阔的全球视野和深邃的战略眼光来谋划和决策这类重大基础设施项目。

青藏铁路踏勘记

一、进藏铁路建设曾“两上两下”

进藏铁路对于维持国家统一，巩固国防，加强各民族的团结，战略意义、政治意义重大，这不只是一笔经济账，更重要的是政治账。1950 年进军西藏，和平解放西藏时很大的困难是后勤保障问题。我在分管国防动员工作时，解放军总后勤部曾向我介绍，因后勤保障问题，曾有一个排的解放军边防部队冻饿至死。

中华人民共和国成立以来，国家一直在规划进藏的交通问题。首先是在 20 世纪 50 年代修建了川藏公路和青藏公路。在那个年代很多人都熟悉一首广为传唱的歌曲：“二呀么二郎山，高呀么高万丈。解放军，钢铁汉，要把那公路修到西藏！”

长期以来对西藏的后勤保障主要靠这两条公路，为了克服高原病，还在格尔木专门建了为解放军医治高原病的医院。进军西藏一方面军是由西北经过青海西宁到喀尔木，翻过昆仑山和唐古拉山到达西藏首府拉萨。为了后勤保障，当时动员了 2.8 万头骆驼来运送物资。时任中共西藏工委组织部长兼运输总队政治委员莫生忠将军带领部队来到喀尔木，这里正是昆仑山雪水流下的沼泽地。喀尔木的意思就是多条河流汇集之处。部队在此驻扎，后来形成了现在的格尔木市。莫生忠将军基本沿着传说中唐朝文成公主进藏的路线向拉萨一边探路一边建设公路。

中华人民共和国成立以来三次规划建设进藏铁路。1958 年第一次开工建设青藏铁路，但是不久国家就遇到了经济困难，当时的技术有许多难以克服的问题，不久就停建了。第二次开工建设青藏铁路和毛泽东主席 1973 年会见尼泊尔比兰德拉国王有关。会见中毛主席大手一挥说，我们要把铁路修到尼泊尔去！1974 年年初铁道兵开到德令哈，第二次开工建设青藏铁路。铁路从西宁建到了格尔木。但是途中艰难险阻，其中经常提到的两个险段：一个叫“万丈盐桥”，因为青海盐湖多，有相当长一段路基是用盐堆积而成的；第二个难点是海拔 4 千米以上的关角隧道，在开凿隧道的过程中，“铁十师”牺牲了 50 多名战士，在隧道口不远，还有当年筑路牺牲战士的陵墓。

到了邓小平同志复出主持工作时，1977 年负责建设青藏铁路的铁道兵正式向中央打报告要求缓建青藏铁路，重新选择路由，比选从云南到西藏的滇藏铁路路线，那里气候条件比青藏线好。邓小平同志批准了青藏铁路停建，但是此后，研究、观测、设计进藏铁路的工作一直没有停止，并且在青藏铁路线上留下了风火山隧道高原冻土带的观测点，持续不断地进行气候变化对铁路影响的观测。

二、江泽民总书记批示建设进藏铁路，青藏铁路建设第三次上马

在江泽民同志担任党和国家领导人后，1999 年召开第三次西藏工作会议，江主席在京西宾馆听汇报时，西藏自治区党委副书记热地和铁道部部长傅志寰提出了建设青藏铁路的建议，阴法唐同志也在不同场合呼吁重新开工建设进藏铁路。江泽民总书记要他们尽快提供上报材料，并且在 2000 年 11 月 10 日晚做了关于建设进藏铁路的长篇批示，其中谈到，他到中央主持工作后，在进藏铁路的建设上过去考虑经济性多一些，现在看，不仅要算经济账，更重要的要算政治账。

江总书记的批示到朱镕基总理等国务院领导人那里后，朱总理立即抓紧部署。由时任国家发展计划委员会主任曾培炎具体负责。在铁路大厦曾培炎主任主持第一次听

取了国家发展计划委员会，铁道部，原解放军总后勤部，武警交通支队、水电支队，中国国际咨询公司，财政部，交通部，青海、西藏两省党委、政府的工作汇报。会上由负责青藏铁路勘测设计的铁道部兰州第一设计院总工程师冉理就青藏铁路、甘藏铁路、新藏铁路、青藏铁路、川藏铁路、滇藏铁路的路由比选，对各自的优缺点做了汇报。会上各部门都发表了意见。尽管青藏铁路有高原冻土层的建设难度，地形上的高原台地海拔高，但是隧道并不多。经过多年的研究后，工程设计上还是有把握克服这些困难的，支持按青藏线的方案向国务院汇报。

2001 年 2 月 7 日国务院第 97 次总理办公会听取了我代表国家发展计划委所做的“关于建设青藏铁路的意见”的汇报。我用多媒体向在座的国务院领导展示了青藏铁路沿

2001 年 2 月 7 日国务院召开第 93 次总理办公会，审议青藏铁路项目建议书，由本书作者代表国家发展计划委员会进行汇报

线的工程情况。朱镕基总理总结时，同意按青藏铁路方案规划建设。青藏铁路建设领导小组成立，由曾培炎主任任组长。

三、傅志寰部长带队实地踏勘青藏铁路选线

为了做好开工建设前的各项准备工作，做开工前的最后准备，铁道部的傅志寰部长和我带领各部门的同志沿拟建的青藏铁路线路实地踏勘一遍。其中包括国务院秘书局和交通部公路司的同志。后勤保障由兰州铁路局负责。同行的还有铁道部办公厅主任彭开宙。

在西宁召开青藏铁路工作会议的情景

首先我们到了西宁，在西宁召开青藏铁路建设工程会

议。继续听取建设青藏铁路的各项工作汇报，传达党中央、国务院建设青藏铁路的指示，并且由铁道部和西藏自治区、青海省两省区签订了建设青藏铁路的协议。西藏自治区是由当时任副主席的多吉负责签署的。

签约现场

第二天我们从已经建设好的西宁到格尔木铁路，长约814公里，沿线观察已建的西格铁路情况，其中包括前面提到的万丈盐桥和关角隧道，在关角隧道停车下来，查看了关角隧道的情况。当年铁十师在建这个隧道时牺牲的50多名战士的墓地就在隧道洞口不远，他们就像日夜守护隧道的卫士，永远驻守在那里，我们向牺牲的烈士致哀，人人感慨万千。

到达格尔木后，铁道部部长傅志寰宣布成立青藏铁路建设指挥部，设在格尔木市，由我和傅志寰部长为建设指挥部成立揭牌并合影留念。

揭牌仪式

后来青藏铁路建设指挥部由卢春房担任指挥长。青藏铁路竣工后，卢春房同志被提拔为铁道部副部长，负责基本建设工作，2017 年当选为中国工程院院士。

四、确定南山口作为青藏铁路开工典礼会场，翻越昆仑山

为了用一天的时间从格尔木赶到拉萨（两地距离超过 1000 公里），所以第二天凌晨 3 点多我们就起床出发。由铁道部兰州第一勘测设计院总工程师冉理陪同我坐同一辆吉普车，沿途向我介绍情况。虽然以前我因西藏满拉水

库、一江两河开发等工作多次到过西藏，还是有很强的高原反应，而傅志寰部长的状况比我好得多，他到沿线每一个有勘察测量点的地方都下车向工作人员慰问，询问情况。为了克服高原反应，青海省一位副省长和发展改革委员会主任的罗朝阳特意为我准备了一袋西红柿，因为在高原上有时候不想吃东西，这样既能沿途解渴，又能补充营养。

我们先到了昆仑山脚下的南山口，这里才是真正要建的青藏铁路起点。关于青藏铁路开工典礼的场所，原计划设在格尔木火车站，参加典礼的领导可以站在月台上检阅载满施工机械和筑路工人的火车，从站台前开过，但是后来又考虑还是在南山口起点举行开工典礼为妥。南山口地势平坦，海拔约 3080 米，风大，而且蚊子又多又大，“几个蚊子就可以炒盘菜”。最后大家一致同意以南山口作为青藏铁路开工典礼场地。

随后我们就向昆仑山进发，到达了昆仑山的最高山口，海拔 4770 米，立有昆仑山的石碑。两位盛装的藏族女青年向我和傅志寰部长献花留念。上昆仑山基本上是沿着格尔木河谷上行，其中最大的高架桥叫三岔河大桥。后来我陪同吴邦国、黄菊、曾培炎等领导同志都到过这座大桥的施工现场。

作者陪同曾培炎同志视察青藏铁路

登上昆仑山口，遥望祖国的壮丽山河，大家都心潮澎湃。我向曾培炎副总理建议，应该为青藏铁路留下一首广为传唱的歌曲，就像当年建设川藏铁路的二郎山歌一样。大家都认为好，让铁道部通过招标来选择一首歌曲。后来有了一首叫做《天路》的歌，有藏族歌曲的风格，受到广大民众的喜爱，流传开了。最早演唱的是一位西藏军区的藏族女演员，用藏汉两种语言演唱，但是后来流行的是韩红演唱的《天路》。

昆仑山也是我国著名的道教圣地，据说现在也还有人在此修行。

在昆仑山口的合影

五、一山看四景，百里不同天

过了昆仑山口，一路都是下坡路，第一站到了一个叫做“不冻泉”的地方，从这里到安多约 500 公里长，全是高原冻土地，是建设青藏铁路的难点。但是我们眼前所看到的却像是一马平川的河北平原，由于海拔高，看到的山峰其实并不高，几个小时山路跑下来，都没有什么显著的大山。

但是这条青藏公路凸凹不平，破旧不堪，原因就是受到高原冻土层的冻害。交通部也是青藏铁路建设领导小组成员单位，路面状况和小的桥梁承载不了铁路建设物资的运输，所以我们要求交通部把青藏公路整修一遍，提高桥梁承载能力。由于过去对高原冻土的理解不够，我以为只要把冻土层挖掉就行了，其实并不是这么简单。青藏高原曾经是海洋，后来由于喜马拉雅山造山运动隆起，变成了世界屋脊。所谓冻土层是由水和泥砂组成的，其中 60%～70%是水，30%～40%是泥砂，如果融化了就是一个烂泥塘，最深的地方有 500 米深，怎么可能都挖得掉？沿途我和冉理总工程师在车里一边看，一边讨论他们克服冻土层的一些办法。一是尽可能靠山边走；二是以桥代路，即使不需要架桥梁，也要修建桥梁，而不是把路直接修在冻土层上；三是采用曾经在美国阿拉斯加用过的热棒技术，将冻土层中的热量导出，始终保持冷冻状态。后来在青藏铁路上有一段就采用了热棒技术。

还有我们自己创造发明的土办法，就是在冻土层上堆积一层片石的路基，能够通风，保持地面的冷冻状态。这个办法后来证明还是行之有效的。还有一个重要的举措就是吸取建设青藏公路时的教训。那时候没有这些经验，就在公路的两侧附近取土，结果被扰动的多年冻土层一旦被破坏，就形成了一个个冻融湖。每到夏天气温升高时，这个小坑就逐渐地融化扩大，形成一个个小湖泊。吸取这个经验教训，建设青藏铁路时要避免就近挖土，就地挖土会破坏保护终年冻土的藓苔层。应该让其始终保持古老的原始状态，所需要的泥土、石块都从远处取过来。

过了不冻泉就到了可可西里自然保护区。这里有藏羚羊、野驴等高原稀有野生动物。为了不使青藏铁路建设割断它们的迁徙通道，所以特意设计，每隔一段距离留出一个涵洞，可以让这些动物过涵洞来穿越铁路，而不至于从铁路上穿越被撞。后来青藏铁路建成后的确是看到有成群的藏羚羊通过涵洞来穿越铁路。

过了可可西里自然保护区就到了长江的源头沱沱河。这里设有沱沱河兵站，是为过往的汽车运输做后勤保障的基地。立有江泽民主席题写的长江源石碑。从地理上大家都知道，普遍认为长江源头是在青藏高原的沱沱河。这里实际上是从雪山流下来的河流沼泽。

过了沱沱河有几条较大的河流，一条叫通天河，但是我想，这可能不是西游记当中描写的通天河，还有一条叫楚玛尔河，水量也很大。后来青藏铁路在楚玛尔河建了大桥。再往前行就到了安多，基本上走了青藏铁路线的一半，高原冻土层也到此结束，开始进入藏北羌塘草原。

因为铁路的建设是在轨梁工场制造好，轨排用专用的列车沿建好的路基送到需要铺设的地方，一段一段地延长。因此我们设定的第一个轨排制作场地址在格尔木，将制作好的轨梁逐渐地向西藏方向延伸。另一个轨梁制作场是在拉萨，在拉萨制好的轨排则向相反方向延伸，对头开进。但是随着工程的进展，只有这两个轨梁生产场，运距越来越长，所以后来我们决定在中间的安多再加设第三个轨梁生产场。这里制造的轨梁向格尔木方向和拉萨方向运送。减少轨排的运输距离，加快建设进度。

这里要讲一个花絮。青藏铁路建成后，要考虑从拉萨向日喀则继续延伸，叫做青藏铁路拉日段。原铁道部的意见是不停顿，立即建设，这样可以利用已经建好的轨梁场和其他已有的建设条件。如果停止一段时间，这些已有的建设保障条件就会毁坏了，到要建的时候又要重建。我是非常支持原铁道部的这个意见的。但是由于在青藏铁路竣工典礼后，有一位领导认为，造价太高，没有立即建设拉日铁路，直到 2010 年年底我快要退休时，国家发展改革委员会主任张平安排我向国务院汇报了拉日铁路的建设。拉日铁路才于 2011 年正式开工建设。

在风火山隧道建设的高原冻土层路基的观察已经持续了几十年，傅志寰部长详细询问了观测的情况，得知通过观察，摸清了冻土层的规律，为青藏铁路的设计提供了实验数据。选择青藏线作为进藏铁路的路由，虽然高原海拔高，有冻土层，但是优点是，真正需要建设隧道的地方并不多，只有少数几个。除了前面讲到的昆仑山隧道外，还有就是风火山隧道。在快到达拉萨的地方还有一个羊八井隧道群，约距拉萨 80 公里。

傅志寰部长非常关心职工们的生活，每到一地，不顾高原反应，都下车向职工们慰问，嘘寒问暖。还到帐篷中，揭开锅盖看看他们吃些什么。由于高原条件艰苦，所以很多帐篷里摆放的缸里面是腌萝卜，作为蔬菜。我们的工人正是在这样艰苦的环境下坚持了许多年进行青藏铁路的勘探设计工作。所以我在和职工们讲话的时候一再表示，我们机关的干部一定要向基层工作的工人、技术人员们学习，学习他们这种艰苦奋斗，为国奉献的精神。这是我有感而发的肺腑之言。

我们从昆仑山口一路走来，一会儿下雪，一会儿飘小雨，一会儿雨夹雪，有时还夹着冰雹。所以有一句话叫做“一山看四季，百里不同天”。

六、翻越唐古拉山

接着我们要翻越青藏高原上的另一座大山，唐古拉山。也是青藏铁路沿线海拔最高的一个地段。现在唐古拉山车站海拔高度是5050米，但是这一段铁路的路由要离开原来的青藏公路，需要绕行90~100公里。在这段距离上缺少了青藏公路的后勤保障，在无人区作业，所以工程将更加艰巨。铁路经过一个美丽的高原湖泊错那湖的湖畔。

多年后在青藏联网工程开工仪式后，我曾率原国家计划委员会、国家能源局的有关同志，特意从拉萨乘青藏铁路返回格尔木。在拉萨火车站上车是下午4：00点多，到达错那湖畔时候已经是晚上9点多了。通常在这一站就不停了，但是他们为了让我看一下错那湖，临时停车2分多。晚上9点多在北京早已天黑了，可是在这里湖面上还闪烁着神秘的蓝光，我没有准备好照相器材，就手拿相机拍了几张，由于能见度已经较暗，又没有三脚架，很遗憾相片不够清晰，但是场面很震撼，有神秘之感。

七、羌塘草原

绕过这一段以后又回到了沿青藏公路路线前行，进入羌塘草原以后，这里是美丽的藏北草原，是西藏的主要牧区，也是虫草的产地，但是海拔仍在 4 千米以上。羌塘草原是鼠疫非常严重的地区，特别是黑线鼠，它是传播性动物。因此在建设过程中必须十分注意防止鼠疫流行。后来我们要求施工单位都要在住地周围挖深沟，里面铺石灰，防止老鼠进入施工人员住处。卫生部也介入指导防疫工作。

到了藏北重镇那曲，这里有较多铁路勘测队伍，我们向他们赠送了慰问品，傅志寰部长和我都讲了话，表示了敬意，并鼓励他们为建设青藏铁路做出贡献。

那曲是浙江省的对口支援单位，正在搞大规模的公路改造，道路难行，这时候天已经全黑，我们在那曲吃晚饭。傅志寰部长原打算晚上就住在那曲，第二天再去拉萨的，但是因为我过去和水利部副部长到青海玛多县去立“黄河源”的石碑，晚上住在同样海拔 4000 多米高的玛多县，高原反应非常厉害，所以我说服傅志寰部长，我们还

作者在那曲与铁道部兰州第一设计院勘测设计工作人员讲话

向铁路勘测设计工作人员赠送慰问品

是连夜赶到拉萨住宿为妥，他同意了我的意见，我们继续赶路。

八、解决青藏铁路建设和今后运营的供电保障

西藏电力装机容量很小，没有火力发电厂。在开始研究青藏铁路的机车技术路线时，我曾想高原爬坡，应该采用电力机车。问题是没有足够的电，所以我也曾想过在那曲建设一个燃煤火力发电站，煤可以通过建好的青藏铁路从青海运输过来。但是后来论证，即便有了这个火力发电站，由于西藏电网装机容量小，列车开过时电力波动仍然很大，而且海拔在 4 千米以上，空气稀薄，发电的出力受到很大的影响。所以后来没有办法，没有采用电力机车，仍然采用内燃机车，要烧油，青藏铁路火车用的大功率内燃机车是从美国进口的。当然海拔高，空气稀薄，仍然有影响出力的问题，从美国进口的内燃机车考虑了增压措施。

这里还要讲一下青藏铁路建设中或投入运行后车站的供电保障问题。从这次考察中，我们了解到从格尔木方向的输电线路可以到达不冻泉，从拉萨方向过来的输变电线路可以把电送到安多。但是中间这一段如果进行电力保障，即使机车是烧油的，不用电，今后车站也是需要有电的。所以我们也要求电力部门拉通了这一段线路。虽然电压较低，但也保障了必需的电力供应。青藏铁路建成后我乘车沿线看了一下，电力已经连通了。从沿线火车上可以

看到铁路沿线电线杆一路伴随着铁路。现在电力已经青藏联网了，今后青藏铁路有没有可能改成电力机车就不得而知了。

九、拉萨市内铁路线路考察

过了羌塘草原以后，天已经全黑，到了羊八井隧道附近，已经看不见什么东西，只能在隧道口点燃一堆篝火，从远处观察一下隧道口的位置。从羊八井到拉萨还有约 80 公里，并且下起了雨。武警交通支队正在修筑公路，可能路况不好，几辆汽车车胎都爆了，包括我乘坐的车在内。我们只好下车，挤进其他的车里继续向拉萨前进。到了拉萨已经夜里 12 点多。

作者在拉萨向巴平措市长陪同下考察拉萨市内铁路路线

第二天我们考察进入拉萨的铁路路由。对于拉萨市区的路由，西藏自治区和拉萨市政府与原铁道部还有些分歧。拉萨还是希望尽可能地避开市内的一些建筑。原铁道部的意见是拉萨火车站选在布达拉宫后山，隔拉萨河相对的一块地势较平坦的地方。六月初的季节，这里梨花正在开放，是拉萨市内难得的一块好地方。进入车站前要经过一个叫做赵尔丰的隧道。这个隧道所在的山原名叫赵尔丰，但是由于清朝驻藏大臣名叫赵尔丰，曾经镇压过藏族同胞的暴乱，所以把赵尔丰隧道改名为柳梧隧道。我们确定青藏铁路在拉萨开工典礼的会场就选在柳梧隧道口。后来在拉萨的开工典礼是由吴邦国副总理代表党中央国务院去的，我在陪同他去的飞机上又详细向他汇报了青藏铁路建设的准备情况。而朱镕基总理代表党中央国务院在格尔木的南山口，率领各部委领导，作为主会场。2000 年 6 月 29 日朱镕基总理宣布，青藏铁路开工建设。

考察拉萨市区经过路段时，由时任拉萨市市长的向巴平措和西藏自治区主席列确，副主席多吉等领导陪同。郭金龙书记、列确主席也开会听取考察报告。原铁道部之所以选择这个路由是为了今后再继续延伸青藏铁路到日喀则比较平顺，西藏自治区人民政府和拉萨市政府非常顾全大局，全部接受了铁道部的方案。

作者在拉萨庆祝青藏铁路开工晚宴上致辞
（左为时任西藏自治区主席列确）

在拉萨市区的最后一座桥梁，是跨越拉萨河大桥。大家都一致同意，这种桥的设计和火车站的设计一定要体现藏族的民族风格，优中选优。后来选择的桥型呈彩虹状态，所以又叫彩虹桥。现在建成的拉萨火车站隔拉萨河与布达拉宫相望，非常壮观美丽。

十、沁园春词述征程

我把这次实地踏勘青藏铁路线路经过的地方和险工险段写在一首沁园春词牌中，词名就叫“青藏铁路”：

昆仑横空，唐古绵亘，高哉危乎。

跨世界屋脊，江河之源，千里冻土，星罗融湖。

风火山高，通天河宽，敢有胆略绘宏图。

命令颁，挥铁军十万，筑造天路。

等闲极限困苦，忍缺氧，高原战寒暑。

越沱沱星宿，楚玛尔河，羌塘草原，错那圣湖。

千峰万壑，钢龙飞舞，铁道将士英雄谱。

彩虹桥，看雪域险阻，终成坦途。

这次青藏铁路的详细踏勘收益很大，实地了解了青藏铁路建设中的一些关键问题，为以后的决策提供了重要的依据。所以对于重大工程，指挥机关一定要靠前指挥，就像作战一样要亲自看地形，不能光听汇报。弹指一挥间，已经17年过去了。过去由于工作繁忙，没有能够把沿途考察的所见所闻记录下来，现在追忆记录下来也感到很有收获。

张掖随笔

2012年8月27日，我陪同时任全国政协主席的贾庆林同志到了地处河西走廊的甘肃省张掖市。张掖因《汉书》中“张国臂掖，以通西域”而得名，意思是张开国之臂腋向西域延伸。此处未用月字旁的名词“腋”，而用提手旁的动词“掖”，有张开臂膀的动作之意。张掖于隋朝设甘州，甘州和肃州以后就是甘肃省。省的名称起自元代，元在中央政府的最高军机机构叫中书省，负责起草命令。在地方设行省，为流动的中书省之意，以后形成了一级地方政府的称谓。日本的部现在还叫省也是此一影响的延续。

历史上也有“金张掖、银武威”之说，张掖属陇右农业发达的富庶之地，但可能了解张掖的人还不是很多。河西走廊位于蒙古高原和青藏高原的交汇之地，从祁连山流下的雪水形成黑河，流经张掖，注入内蒙古额济纳旗的居延海，是我国仅次于塔里木河的第二大内陆河。我在原国家计划委员会工作时曾讨论过黑河引水工程，调水给内蒙古的居延海，不使额济纳旗的胡杨林干枯。我特意查了地图，从张掖流向居延海一段河流叫弱水。

这使我想起西汉霍去病击败匈奴的一次著名战役。年仅19岁的霍去病率领一万骑兵越过腾格里大沙漠，抄了匈奴后路，从居延海沿弱水背击匈奴，迫使南匈奴浑邪王、休屠王四万余众投降，应该就是在张掖一带。这一仗匈奴哀叹："亡我祁连山，使我六畜不蕃息，失我焉支（胭脂）山，使我妇女无颜色"。少年将军霍去病率骑兵越过腾格里沙漠是何等的英雄壮举，可惜他24岁就英年早逝了。此次我从敦煌、玉门关、阳关、嘉峪关一路走来，对汉唐拓疆西域的历史油然而生崇敬之心，彻夜未眠查阅相关历史。

其实从周朝起内地就受到边境游牧民族的侵扰。著名的烽火戏诸侯的故事讲的就是周朝时就设烽火台防犬戎入侵，结果周幽王被犬戎俘获，可见边患之甚。秦朝虽统一六国，派大将蒙恬拥重兵镇守陕北，并派太子扶苏监军，可见对边患的重视。在秦统一六国和秦末农民起义推翻秦朝及楚汉相争的战争时期匈奴不断壮大，到了汉高祖刘邦统一中国后为解除边患曾御驾亲征到了山西大同西南的白登山，结果被匈奴包围七天七夜，差点被俘，后来是靠贿赂，买通一条逃路才得以幸免。李白“关山月”诗中“汉下白登道，胡窥青海湾”讲的就是这段历史。所以汉武帝之前只能靠和亲和纳贡偷安，直到有雄才大略的汉武帝时才主动出击。十年之中年年出击匈奴，并由张骞通西域联合大月支、乌孙夹击，自汉起通往西域日益繁盛。张骞是通过公开招募自愿报名选拔上的。这个时代涌现出卫青、霍去病、李广这样的英雄人物。尤以霍去病长途奔袭，直追到外蒙古肯特山附近的狼居胥山祭天，封狼居胥，彻底击败了匈奴，兵锋直逼瀚海(今贝加尔湖)，永久解除了边患。设武威、张掖、酒泉、敦煌四郡，玉门关、阳关等关隘，汉朝疆域才拓展到现在新疆这一带。

酒泉之名是因汉武帝赐御酒犒赏得胜骠骑将军霍去病，将军认为这是全军将士的功劳，命将酒倒入泉中，全军共饮而得名。酒泉在隋改名为肃州。当时由西域传来美玉到中原贸易交换丝绸，必经此关，需纳税，有类似现在海关的功能，也有以玉石作实物纳税的，玉门关因此得名。阳关和玉门关一南一北，丝绸之路由此分南北两路。阳关在玉门关之南，南为阳，故称阳关。俗话“你走你的阳关道，我走我的独木桥”由此而来。中国话中“关照”一词，如“请您关照”由来也与此有关。玉门关、阳关都是通往西域必经关隘，现在各国交往必须有护照，当时是关文、照会，即关照，过关时必须出示，并由关隘的官员加盖公章验放，因此需请关卡官员高抬贵手放行。“关照”一词由此而来。

霍去病是历代武将的楷模和最高境界。我认为他是中国历史上对外战争中战功最卓著的战神。汉武帝曾因他功勋卓著，为他建豪华府第，但他说：“匈奴未灭，何以家为”，他的这一保家卫国，不追求奢华的名句刻在历代志士仁人心中。霍去病出身却很卑微。霍去病是平阳公主女奴卫少儿和河东郡平阳县（现山西临汾西南）一个小吏霍仲孺的儿子。霍仲孺不敢承认与卫少儿私通，霍去病成了一个没有爸爸的私生子。后因他的姨妈卫子夫被平阳公主送入汉武帝后宫，生下馆陶公主，被册封为夫人才改变了命运。霍去病在风华正茂的24岁就去世了，霍去病同父异母的弟弟霍光的一份奏折说霍去病是病死的，这是仅有的提到霍去病死因的依据，司马迁《史记》对霍去病葬礼作了详尽描写，但未提到死因。据说霍去病有一个儿子，但十岁就夭亡了，夫人不详。

张掖受益于黑河形成的湿地，被称之为距湿地最近的城市，实际上湿地就在城中，素有“半城芦苇，半城塔影”之说。半城塔影是因为河西走廊是佛教传入中国的通道，各种民族、宗教交汇，在丝绸之路上出现了像敦煌、麦积山这样著名的佛教石窟。张掖是丝绸之路上的必经之路，曾经商贾云集，佛教寺庙也很繁盛。现存的西夏国寺建于西夏崇宗永安元年（1098年），是国内唯一的西夏寺院建筑。寺内有中国最大的室内卧佛，身长34.5米和5985卷明初刻初印本的《大明三藏圣教北藏》佛经，和仅存的西夏少数民族宗教殿堂大佛堂一起被誉为大佛寺三绝。我问讲解员蒙古军灭西夏时听说屠城，把城夷为平地，为什么大佛寺得以完整保存。讲解员说这是千古之谜。但据说忽必烈出生在大佛寺中，皇太后后来还重修了大佛寺。

张掖另一个特色是一个地质大观园，不仅是湿地，还有发育完整的丹霞地貌，色彩艳丽、气势磅礴、巍伟壮观，被国家地理编委会誉为奇险灵秀美如画。另外，还有七一冰川、国家级自然保护区祁连山麓和花海遍野的肃南草原。

如果不是这次到张掖，我很难理解印象中干旱贫瘠的苦甲之地竟然是全国玉米种子基地。由于光照资源，有黑河灌溉，易于隔离，张掖逐渐成了全国玉米育种基地，每年生产四亿五千公斤玉米种子，提供了占全国40%的玉米良种，可播种2亿多亩的玉米。张掖农业是最主要的产业，年生产总值却只有 200 多亿元，酒钢和金川镍矿一个企业的年生产总值就在千亿以上，工农业产值差距可见一斑。但我仍希望张掖这一丝绸之路上的历史名城保持自己的特色，希望更多的游人了解张掖。

新 疆 随 笔

我多次到过新疆，走过新疆许多地方，那辽阔的疆土，雪山、大漠、草地，壮丽的秋色胡杨无不让我向往。2012 年 7 月 20~25 日我再次来到新疆，我曾担任西气东输工程领导小组组长，除了曾与我工作有关的独山子石化基地、国家石油战略储备基地、塔里木油田、西气东输管道外，我希望能更多看看新疆那壮美的自然景观。

一、石化新城独山子

7 月 20 日宿独山子。独山子已成为花团锦簇的一座石化新城，宽广整洁的道路两旁鲜花盛开。独山子百万吨乙烯项目已建成，加上原有的 20 万吨小乙烯，共形成 1000 万吨炼油、120 万吨乙烯生产能力，今年上半年已生产乙烯 67 万吨，原油来源于中哈原油管道。不仅在西部，这在全国也是最大的石化生产基地了。新疆“七·五”事件后为支持新疆稳定和经济发展，我们一次开工了八个能源项目。其中独山子300万吨国家储备油库是我去看的厂址，建在戈壁滩上不占好地。中哈原油管道终点就在独山子，这是建在内陆承接哈萨克斯坦原油的储备基地，已经建成。

二、乔尔玛新路

2005年，时任新疆维吾尔自治区党委书记的王乐泉同志曾建议我走一趟独（山子）库（车）公路，从独山子翻过冰大坂到乔尔玛，当时新疆发展改革委主任韩学琦陪同我，穿过冰大坂的隧道便豁然开朗，雪山草地森林，一幅美丽的图画展现在眼前。我们席地而坐，看着雪山吃着瓜果喝着奶茶，真是诗情画意。但是当年为修建独库公路牺牲了270多名战士，都是十几岁二十岁的年轻人。在乔尔玛有一座筑路烈士纪念碑，我献了花圈，悼念这些为边疆建设牺牲的烈士。当晚夜宿乔尔玛草原，伊犁哈萨克自治州书记张国梁是我的老朋友，他曾是上海支边知青，在阜康县当县委书记时我就认识他。他和韩学琦与我谈起了乔尔玛通往伊犁这条路，沿线风景绝佳，一边是鲜花草地，一边是长满笔直冷杉的山坡，但却是一条土路，车子一过尘土飞扬，后面的车子只能看到灰尘，美丽的景色都看不见了。他们希望我帮助批准建设乔尔玛的硬化路面公路。当时我还分管交通工作，从县县通油路工程中拿出资金帮助解决了这条公路的硬化路面问题。我问起这条路的情况，冰大坂道路都改建了，烈士纪念碑也重建了，乔尔玛的公路再也不扬灰尘，直通拉拉堤草原，成了美丽的旅游风景线。

三、雄伟的果子沟大桥

在同行的中石油计划部杨震同志建议下，鉴于我已走过这条路，改去昭苏。21 日早驾车从独山子经赛里木湖去昭苏，经过果子沟时昔日九曲十八弯的盘山路已不用了。当年西气东输工程穿越果子沟时曾因雪崩牺牲了几个人，是最艰险的路段。穿过新建的隧道突然出现在眼前的是高架山间的果子沟大桥，据说高架高度创了吉尼斯世界纪录。2007 年我陪同时任国务院副总理的曾培炎同志来新疆时曾在伊犁河大桥上听过交通厅关于果子沟大桥的介绍，看过效果图，当时就惊叹果子沟大桥的壮观景象，用相机把效果图照了下来。五年后再来，看到了建成的果子沟大桥果然气势不凡，桥型为斜拉桥，老的公路从桥下穿过。这里和乌鲁木齐不同，在天山西坡降雨较多，群山长满了笔直的钻天冷杉，甚为壮观。当年建设西气东输果子沟隧道时，估计到今后输气量还会增加，还会建设第三、第四线，为避免在这艰险路段重复建设，预埋了管道，现在看

来这是极有远见之举，如果未预埋管道，现在建设西气东输三线要困难得多，要多花很多投资，还会延长工期。

四、昭苏的锦绣大地

车行继续向前，经过了特克斯城，这是著名的八卦城，城市规划成八卦布局。因无暇停留，只是看到了进城处路口的大幅航拍照片。据说是宋元之际，丘处机道长赴西域拜见成吉思汗时路经特克斯河谷，见其地风水甚佳而设计该城。前段时间凤凰网还把此城评为中国风水最佳城市第一名。进入昭苏，成片金灿灿的野菜花在雪山映照下扑入眼帘，其景象绝不同于江南的油菜花，更加巍伟壮观，直延伸到天边。路边有的田里种了成片紫色的紫苏，开始以为是薰衣草，紫苏也是一种香料。农民在开着白花的马铃薯田里劳作，大地一片绿，一片白，一片紫色，又是一片黄色，五彩斑斓的原野向天边延伸过去，直铺向雪山脚下。

五、格登碑

我们在昭苏县政协王主席陪同下来到中哈边境的格登山下，铁丝网另一侧就是哈萨克斯坦。我们来此是为了瞻仰一下格登碑，这是祖国统一史上的一页。格登碑立于格登山上。乾隆年间1755年平定准噶尔最后一仗在格登山取得胜利，乾隆御笔题碑文，讲述了战斗经过。清军渡伊犁川，渡河八日，在阿玉锡率领下22勇士夜袭敌营。敌首领达瓦奇逃到天山南的乌什城，被乌什城阿奇木伯克霍吉斯擒缚送到清营，自此平息准噶尔的战役结束。1760年勒石于格登山上。在骄阳下仰望山巅典型中国古建筑式的格登碑亭，上山并没有路，毕竟年龄大了，担心登山体力不够，在下面望望算了。但既来此，不一睹碑文了解这段

历史岂不遗憾？想起了我自己在翻越西藏5050米的米拉山写的诗句："世间万事在决心，五千仞岳可登攀"，于是率先奋力前行，登上了海拔2200米的格登山仔细阅读了乾隆题写的碑文，远眺哈萨克斯坦境内海拔6700米的汗腾格里雪峰，据告这是天山最高峰。有感于千百年来的边疆征战史，才有了今天统一的祖国版图，我随笔写下一首小诗：

西域开边溯汉唐，
千秋征战拓新疆，
雪满弓刀轻骑逐，❶
银铠飞将射天狼。
持节云中张骞志，
一统中华雍正功，
伊犁拓荒林少穆，❷
哈密栽柳左宗棠。
八千戍边湘女泪，
十万屯垦将士汗，

❶ 唐朝岑参有边塞诗："欲将轻骑逐，大雪满弓刀。"岑参曾到过位于库尔勒的铁门关。

❷ 林少穆是林则徐，被贬谪伊犁。

至今人忆王胡子，[1]

青史当书英烈传。

左宗棠坚持陆防论，65岁借钱筹军饷扶棺出征，平定新疆，是鸦片战争以来唯一一次收复失土的胜仗。湘军将领杨昌俊有诗："大将筹边尚未还，湖湘子弟满天山，新栽杨柳三千里，引得春风度玉关"。左宗棠、王震、八千湘女都是湖南人。

六、巴音布鲁克草原

离开昭苏我们经巩乃斯沟和巴音布鲁克草原去拜城的克拉2天然气田。我过去去库尔勒时，当地的同志就建议我去巴音布鲁克草原看看，说那里是天鹅湖，但当我问到有多远时，他们下巴一扬说没多远，700多里吧，我一听吓了一跳，这么远的路。所以虽然我多次到库尔勒和塔里木，但始终没去过巴音布鲁克。这次终于有幸去了。进了自然保护区，辽阔的草原绿如茵，山花点缀其间，足足开了几十分钟没见到一人一畜，也没有帐篷。询问才知道为申请联合国自然保护遗产，把保护区内的牧民都迁出去

[1] 王胡子乃王震将军也。解放新疆屯垦戍边功不可没。十万将士转业成新疆建设兵团，为解决配偶问题，王震将军写信给湖南省委书记周小舟，征调八千湘女到新疆，成为了戈壁母亲，抚今追昔，可歌可泣。湖南人对统一新疆是有功的。

了。我听后谈了我的看法，这么辽阔的草原应该适当放牧，只要不超过载畜量就好。草原上完全没有放牧的牛羊，看着也不自然。登上观景平台，望不到边的平坦草原上九曲十八弯的河流蜿蜒曲折，雄浑的景色摄人心魄。据导游介绍，中秋节的八月十五是最佳的观景摄影日，因为这一天夕阳西斜的位置刚好倒映在九曲十八弯上，有几个太阳的倒影，满天火烧般的晚霞吸引了来自全世界的摄影爱好者。这个季节也能看到迁徙的天鹅。巴音布鲁克草原上成片的各色野花处处是美景。

七、四访克拉 2 井

22 日到了南疆塔北库车凹陷的克拉 2 井，这是目前我国单井产量最高的气井，当年搞西气东输时克拉 2 井储量

2840亿立方米，现在已累计产气500亿立方米，是最丰的气井。克拉2井位于天山前的雅丹地貌群中，感叹地质工作者的伟大，怎么会在这片怪石嶙峋、寸草不生的魔鬼城中定下井位，找到丰产气井。这是我第四次到克拉2井。塔里木油田宋书记特意在克拉2井接我，晚上作了简短的汇报。23日又在塔里木勘探事业部主任陪同下参观了克深2井作业现场，这是在克拉2气田深部又发现的大气田，几个井架正在钻探作业，预计可拿到3500亿立方米储量，比克拉2井还大。塔里木油气田近年勘探成果喜人，又有博孜1井新发现，预计也有3500亿立方米储量。塔东12.6万平方公里交给大庆勘探，在原有勘探基础上也钻获古城六井有价值的气井，可能也有3000亿立方米储量。塔里木的天然气储量达到了1.3万亿立方米，比搞西气东输时增加了很多。已累计产气1300亿立方米，并且经济效益很好，中石油全部600亿元现金流中塔里木油田贡献120亿~130亿元，是开发效益最好的油田。回想实施西气东输工程初期不少人担心储量不落实，现在看到喜人的勘探成绩和前景真让人高兴。塔里木油田还以每立方米0.46元的低价以三条管线向南疆民族地区供气。塔里木盆地面积大，条件复杂，受技术等的限制，勘探的深度总体看还是较低，现在只能算刚揭开面纱，中石化在塔河还有15万平方公里勘探区块，塔东12.6万平方公里划给大庆勘探开发，还准备拿出10万平方公里对外合作。随着勘探深入、技术进步，对地层的认识还在加深，增储的潜力还是很大。例如最近采用氮气钻井技术效果很好。现在回过头来看，当年西气东输工程的决策意义重大。如果没有西气东输管道，也就不可能有后来的中亚天然气管道。西气东输工程的实施，使三亿人用上了清洁的天然气，影响到中国能源结构的调整，意义深远，功莫大焉！

晚上我们夜宿在克拉2井的生活楼，楼中住有80多名职工，这是在过去根本没有人烟的雅丹地貌魔鬼城中开辟出的一个小天地。我们和职工一起吃自助餐，早上相当于北京六点半，职工都起床做早操。我想到的是这些石油人，他们大学毕业后来到塔里木油田，在这远离大城市的荒凉之地工作，很少有家庭的团聚。我在苏丹，在中亚天然气管道阿姆河的炎热沙漠都看到这样石油人的身影，甚至石油子弟的幼儿园办到了苏丹和中亚天然气管道沿线的帐篷。他们应该受到人们的尊重。

八、古龟兹国库车

24日我们前往库车的中石油汽车运输公司塔里木分公司，中石油汽车运输公司拥有2万多辆车，是中国最大的汽车运输公司。汽车沿着女儿河行驶，两岸是赤红色寸草不生的折皱山脉，也应该是雅丹地貌，有的如一层层刀片，称作“刀片山”。这里和前面旅程的昭苏、巩乃斯、巴音布鲁克草原完全不同，好像没有生命，看到的都是造山运动形成的嶙峋怪石，奇特的地貌成了另一道风景。《西游记》里描述的流沙河是以开都河为原型的，而女儿河就是以这条库车河为原型的。因为库车就是西域的龟兹国，以歌舞著称，盛产美女。汉、唐时这一带深受佛教文化的影响。我们参观了克孜勒千佛洞，大约建于东汉时期。龟兹国笃信佛教。唐朝时著名佛教翻译高僧鸠摩罗什就是龟兹人，曾驻锡在此。克孜勒千佛洞凿于沙岩上，因气候干燥得以保存，洞中壁画已受到很大破坏。其中较有价值的壁画被德国探险家在20世纪初切割下来盗走，现存于柏林博物馆。较有名的一幅是剑客图，图中有五名佩剑的龟兹人形象，当时龟兹人服饰像古欧洲人的样子，长裙，束腰带，穿靴子。

另一著名景点是库车大峡谷，1999年被发现。一名19岁善于攀岩的维吾尔青年攀岩去采麻黄草，遇雨发现脚下漏沙有洞穴，进去后发现供有玉佛的阿艾石窟。因隐秘，洞穴过去未被发现，壁画保持较完整，有汉字的供奉人姓名申令光、寇廷俊、寇廷男、李光辉及杨、赵、宋、彭等

中原人姓氏。唐代垂拱、长寿年间，公元685~700年间，这段时间唐朝与吐蕃在龟兹、于阗、疏勒、碎叶反复征战，武威军总管王孝杰，大将军阿史那忠节收复四镇，屯汉兵3万，洞窟应建于此时。不幸的是这位维吾尔青年不久死于车祸。峡谷中不仅怪石嶙峋，还充满了神秘的故事。

不到新疆不知道祖国之大，不到新疆不知道祖国之美、之壮丽、之历史悠久。四天的行程日行千里也只到了新疆一小块地方。我的工作生涯和新疆结下了不解之缘，看到新疆的建设成就也有我的添砖加瓦，我感到高兴。重温祖国的统一史让我更加热爱祖国的大好河山。我到过很多地方，最美的还是我们新疆。

米仓古道

2013年10月31日上午四川省能源协会成立，诚邀我担任名誉会长，基于以下三个原因我欣然同意了。

一是21世纪初雅砻江上的二滩水电站建成，电却卖不出去，直至引起了江泽民总书记的关注，我每年负责分配二滩的电，搞了三年，直至电力重新紧张。但由此引发了电力体制改革。

二是2004年发生大渡河瀑布沟群体事件，国务院成立工作组，时任国务院副秘书长的汪洋同志任组长、我任副组长处理这一事件。由此我向国务院提出移民后扶政策，不分老幼每人每年600元，补助20年，成为移民一项政策。

三是2008年“5·12”汶川大地震，派我到四川前线指挥部，与四川省同志结下深厚友谊。

下午即乘车去巴中，因2010年中组部交流66名中央和地方干部，国家能源局综合司司长周喜安交流到四川巴中市任市长已三年多，多次邀我到巴中，但都未成行。近日他给我发了一首诗：

巴山秋日雨连绵，
书生踏步在民间，
潜心乡亲柴米事，
不问沧海换桑田。

借此机会也去看望周喜安同志。说来惭愧，当时中组部决定周喜安同志去巴中任职时，我和他都不知道巴中的地理位置。现在成都到巴中的高速公路都建好了，但仍走了三个多小时。可见过去交通不发达时这里是多么闭塞。巴中位于四川东北部，米仓山南麓，是秦岭南麓和大巴山南北气候交汇地带，生物多样，至今森林覆盖率仍在60%以上，有原始林13000亩。

说起四川常常提到巴山蜀水，古代的巴国、巴人和古蜀国是构成四川的主要部分。巴中还是土地革命战争时期第二大的苏维埃区川陕革命根据地的核心区，红四方面军指挥部的所在地。有446名将军曾在这里战斗过。

由于交通闭塞，秦巴山区一直是连片贫困区，巴中是秦巴连片贫困区三大中心区之一。进入巴中地界，山渐高、林渐深，不少地段在修路，这几年交通建设真是进步不小，促进了贫困山区面貌的改变。我们进入巴中先参观了恩阳县的高店子村新农村建设示范村。这里把农民过去的土坯房改建成整洁的农舍，国家从农村土坯房改造经费中每户补助 1.6 万元，贷款 6 万~8 万元，个人再出一点，大约十几万元可建一栋房。但目前这样的新农村还是少数样板，沿途多数农舍仍很简陋，达不到这样的水平。由此我想到，中国广大的农村在住房、供电、供水、环境等基础设施方面仍很落后，和城市有很大差距，新农村建设有很大的内需市场，不用发愁中国的内需不足。国家应该坚持在每年预算中保留一定数量对农村住房改造、农网改造、农村道路建设、供水和环境治理的补助费用，一年一年坚持搞下去农村面貌才能逐步改观。一次分配讲效益，二次分配讲公平，长期以来存在工农剪刀差，对农村建设的支持应看成是二次分配的一部分。

这次到巴中后，11 月 3 日就要去南京参加海峡两岸企业家峰会，回成都乘飞机和经汉中到咸阳乘飞机差不了多少，我选择了后者。因为 20 世纪 70 年代初我在陕西秦岭山区参加三线建设时经常到汉中，那时交通不便需从宝鸡经黄牛铺、凤县，翻越秦岭、柴关岭、酒奠梁三座大山，经过张良的隐居地留坝，沿褒河而下，到河东店，再到汉中，要走一天。已经有 40 年没来过了，这次能有机会故地重游，机会难得，而且这次和过去不同的是由南而北入秦川，再饱览一下秦岭风光。

我在原国家计划委员会工作后曾经手办理穿越秦岭的18公里秦岭公路隧道，当时是全国最长的隧道了，此前只有韶关公路隧道长12公里。程安东时任陕西省省长，由于秦岭隧道是未批先建，还受到了国务院领导的批评。我当时也负责交通工作，由于我过去经常要翻秦岭到汉中，知道这条道的艰辛，向国务院领导汇报建这条隧道的必要性，最后国务院正式批准了建设秦岭隧道，但建成后我一次没走过。这次走秦岭隧道，体会一下交通发生的变化。

自古以来就有蜀道难难于上青天之说，从四川到关中有三条古道，自西向东分别是从广元经剑门关的金牛道；从巴中翻越米仓山的米仓古道，在川峡交界处有蜀门秦关关隘的牌楼；从达州到长安的荔枝道。之所以叫荔枝道是因为传说杨贵妃要吃岭南荔枝，令快马各驿站接力传递送到长安。但另一说法是即使快马再快，从岭南的广东送到长安也需时日，在古代无制冷保鲜条件下送到长安也不新鲜了，所以送到长安的很可能是产于四川泸州合江县的荔枝，走的就是荔枝道，这应该是荔枝古道得名比较符合逻辑的说法。至于米仓古道的来历，从汉中沿汉水支流濂水谷道和嘉陵江支流巴江谷道到达巴中地区，是古代陕西汉中翻越米仓山入蜀之古道，因米仓山脉而得名，米仓山古代以此地盛产粮食得名。

我在建设三线时工厂所在地叫蜀仓公社，是诸葛亮与司马懿隔渭河对峙时蜀军屯粮的地方，工厂所在同峪沟东边的黄土原就是诸葛亮病死军中的五丈原，原上有诸葛亮庙。在“文化大革命”期间，诸葛亮庙变成了一所农村小学。庙的两侧有 24 面石碑，刻有岳飞书的诸葛亮《前出师表》《后出师表》，是岳飞途经南阳武侯祠时夜读《前出师表》感激涕零所书。岳飞书法是怀素草书体，毛主席经常临摹，毛主席也是怀素体，只是比岳飞字体更草。那时没人管，有喜欢的随便去拓。诸葛亮六出祁山，有几次都因粮草不济被迫退兵。所以我问米仓道是否是蜀军向前方送粮的通道，但无人能给出答案。现在米仓古道正在申请世界文化遗产。

从汉中到关中又有四条通道，自西向东分别是陈仓道，也就是刘邦、韩信明修栈道、暗度陈仓的陈仓道。陈仓道从宝鸡经黄牛铺、凤县翻秦岭，和宝成铁路走向应是一致的，我曾走过，但我记得并不是沿陈仓道直到汉中，而是中间又翻过柴关岭到张良隐居的留坝，走到了褒斜道上。褒斜道从陕西眉县的斜隘关翻过秦岭主峰太白山，到留坝，再沿褒河下来到了河东店。萧何月下追韩信就是追到了河东店。三线建设时上海机床厂包建的汉江机床厂，北京二机床厂包建的汉川机床厂，哈尔滨工具厂包建的汉江工具厂，以及汉江机床铸锻件厂就在这里。褒河得名是因为美女褒姒，她是汉中人。20 世纪 70 年代初我们翻过酒奠梁后沿褒河而下，旁边就是悬崖峭壁，万丈深渊。那时褒河上的石门水库还没有建，褒河岩壁上的栈道方形孔还可看到，最有名的是曹操到汉中时看到湍急的褒河水卷起的白浪似滚雪，题字衮雪二字刻在岩壁上，是曹操唯一留下的书法手迹，衮字没三点水。后来由于建褒河石门水库将栈道遗迹、衮雪题字和石门摩岩石刻都淹了，进行了抢救，将岩壁切割下来现存于汉中汉台的汉中博物馆。褒斜道起自陕西眉县的斜隘关。诸葛亮病死于五丈原军中，为稳定军心，密不发丧，兵退斜谷，就是从褒斜道退往汉中，过了斜隘关全军才开始发丧。在《三国演义》小说中有假诸葛亮坐在轮椅上吓退司马懿的描述。到了汉中根据诸葛亮的遗嘱葬于勉县定军山，继续为蜀国守住北大门。另一说法是诸葛亮死时正值夏天，尸体不可能保存太久，难于运回成都，遂葬于勉县定军山。诸葛亮死时 56 岁，在坟冢周围植柏树 56 株，现在还有树龄 1700 年的古柏，据说是那时所栽。我 20 世纪 70 年代初到汉中时曾去瞻仰过武侯祠和武侯墓，当时武侯祠是武侯中学所在地。武侯墓则有两个说法，坟冢被认为是真墓，墓前植两棵树龄据称也有1700年的桂花树，至今中秋前后还香风四溢。我问你们怎么知道桂花树的树龄是1700年。回答说他们请北京考古所用碳14作过鉴定。另一个墓则是清嘉庆年间陕甘总督孙筠带来一位叫谭南宫的人，他指认靠山边的一个小土堆才是真墓，并立了碑，理由是诸葛亮遗嘱是靠山而葬。我还听介绍过指认靠山小土堆才是真墓的人是山东琅琊人，称是诸葛亮的同乡。

通往关中的另两条道是傥骆道和子午道。傥骆道得名可能是与八水绕长安的傥河有关。前面讲到的18公里长秦岭公路隧道应是在子午道一侧。当时从四川通往关中地区的道路很多是在悬崖上人工开凿出的栈道，靠人工、简单的铁锤工具，用火烧水泼破碎岩石开凿出石门（隧道），工程之艰巨和耗时之长难以想象。人类的这种世世代代与自然拼搏的精神让人叹为观止。现在有了盾构机等机械，施工容易多了，天堑正在变成通途。

原本参加完四川省能源协会成立会后安排了三个参观路线，一是去雅砻江流域梯级开发的锦屏一级、二级水电站，这是我分管能源工作时坚持一个流域由一家公司负责开发的政策，由国家开发投资公司开发，现在建成了世界第一高坝。二是去金沙江上待建的乌东德、白鹤滩水电站。这大概是除雅鲁藏布江以外所能开发的仅存的两个大型水电站了，装机容量又是一个三峡。吸取过去教训，我提出先移民后开发的理念，为三峡公司所接受，以这两个电站作为试点。我从国家能源局局长位子上退下来时，水电领域最关心的就是这两个电站。三是去巴中。最后选择了去巴中这条路线，也就是米仓古道。

近几年微信流行，很大一个优点是可以发照片，秋天到了，朋友间各种秋天的美景照满天飞。但我看到国内外各种秋景照中最令我震撼的是周喜安发来的一张，我不知道这是哪里，询问后才知是巴中米仓古道上的光雾山。孤陋寡闻，我不知道有这处景色，更不相信天下有这样的美景。现在正值巴山红叶季节，正好去看看。但11月3日途中一直是阴有小雨，能见度差，听说这样秋雨绵绵的天气已经三天了，如果明天还是这种天气就遗憾了。第二天苍天不负有心人，竟然是个难得的太阳高照的艳阳天。乘车从米仓古道的山路上去，为眼前浩瀚的红黄绿相间的山峦起伏惊呆了，据说这样的红叶林海有850平方公里，看了这样宏大的自然美景，我感叹北京香山红叶那还叫红叶吗？巴山处处是景，随便按下快门都能照出个美景来。这里的红叶只有少数是枫树，主要是当地叫作青桐树的树种。我们沿盘山道到了第一个景区十八月潭。这是十八级形态各异的瀑布群。我们沿已经筑好的木栈道而下，茂密秀美的峡谷，溪流淙淙，阳光透过黄色的树叶金灿灿的，红叶相间分外妖娆。让游人只顾照相迈不动步。十八级瀑布、水潭，形态各异，都有好听的名字。倒数第二级叫婚纱瀑布，形如新娘穿的婚纱裙。最后一级是“仙女瀑”，说来好笑，是因为20世纪70年代有女民兵驻此，到潭中洗浴得名。我无限感慨，吟出一首诗：“昔日未曾见景图，不信人间有此瀑，今日打从峡谷过，方信神工与鬼斧”。由于流连忘返，加上景区车流量控制，原计划去看其他景区已经来不及了，其实山上处处是景，苍茫暮色中看着五颜六色山峦中盘旋的山道，感慨大自然多么伟大，如此美景过去因为没有道路，远在深山无人识，这几年建起了山间旅游道路，游客才逐渐多了起来，但山路狭窄，会车困难，游人多了很难容纳。

说起农村公路建设要感谢朱镕基总理。朱总理到四川甘孜、阿坝视察，提出县县通油路，乡乡通公路，回京后要我们落实。我时任国家发展改革委副主任分管交道能源，和交通司司长王庆云一起商量，以山西为试点拿方案。山西省拿出方案要36亿元，现在想想也不多，当时可是个大数字，全国要多少钱？只好国家补一部分，贷款一部分，农民投工投劳一部分，以工代赈一部分，但十年来坚持下来，农村基础设施面貌有了改观。

晚上在牟阳镇秦源雪宾馆住宿，这是当地一个叫秦源雪的民营矿泉水厂经营的，推窗一看，停车场停满了大巴小车，因找不到住的地方，很多人在车上过夜。我去过美国的佛蒙特州国家公园，光雾山风景区绝不亚于美国的国家公园，但管理和服务还要加强。我觉得国家应该把这个地方定为国家公园。

巴中山区虽然贫困，但旅游资源丰富，山上中药材很多，称为川药或巴药，通江银耳、平昌核桃、南江黄羊都是品质极高的土特产，发展经济大有可为。地方政府正在谋划巴中机场，榆渝铁路。榆渝铁路指从陕北榆林到重庆的铁路。我说现在铁路管理体制政企分开，成立铁路总公司，更加关注投入产出，争取国家铁路建设资金可能更困难了。但周喜安市长信心满满，打算把这条铁路变成民间自筹资金建设。11 月 2 日中午我们在铁炉坝午餐，这里有用山上流下泉水养殖的红鳟鱼，是个农家乐餐馆。周喜安市长与陕西省发展改革委副主任及铁路第一设计院同志在此会晤商议榆渝铁路事宜，大家积极性都很高，如真能做到我觉得是铁路投资体制改革的一个进步，我愿为此去游说。

离开铁炉坝上山三公里就到了川陕交界处的秦关蜀门隘口，一侧写秦关，另一侧写蜀门。进入汉中地界时隔 40

年再次去拜谒定军山下武侯墓和汉台。武侯墓老桂古柏郁郁葱葱，肃穆而幽静。汉台是汉王刘邦在汉中四个月的行宫，现辟为博物馆。据介绍汉代通西域的张骞是汉中人，归葬于汉中。发明纸的蔡伦封地在汉中，葬于此。刘邦不甘心于当汉中王，在汉中四个月中拜将韩信，修栈道，厉兵秣马，暗度陈仓道，击败项羽，夺得天下，建立汉朝，是继秦以后第二个统一的帝国，中国人后来遂称汉人，民族称汉族。我与四川省政协副主席解洪议论，诸葛亮拥有四川、汉中，六出祁山未能统一中国，而刘邦据汉中四个月就出陈仓道打败了项羽，原因在哪里？清代史学家赵翼写的一副有名对联："能攻心则反侧自消，从古知兵非好战；不审势即宽严皆误，后人治蜀要深思"。

11 月 3 日早 7 点半从汉中出发去咸阳机场，蜀道已经不难，穿过一系列隧道群，四个小时就到了咸阳机场。中途在宁陕服务区挂有诵颂秦岭的古诗，其中白居易和韩愈的两首最动人心魄。白居易的《望秦岭》：

草草辞家忧后事，
迟迟去国问前途。
望秦岭上回头立，
无限秋风吹白须。

另一首韩愈的《左迁至蓝关示侄孙湘》：

一封朝奏九重天，
夕贬潮州路八千。
欲为圣明除弊事，
肯将衰朽惜残年！
云横秦岭家何在，
雪拥蓝关马不前。
知汝远来应有意，
好收吾骨瘴江边。

古代秦岭是个难于跨越的分水岭，高不可攀。蜀道之难难于上青天。俱往矣！走米仓古道，发思古幽情。且叙且议，谈古论今，快意人生。

东风轶事

东风汽车公司又称第二汽车制造厂，是20世纪60年代末70年代初，在湖北以十堰为中心的山区建设的一个大型三线汽车企业。为避免混淆，以下我都简称二汽。当时的背景是中国爆炸原子弹成功，中苏关系破裂，随时有可能发生针对中国的战争。在毛主席提出“备战、备荒、为人民”，开展“三线建设，准备打仗”的指示下，开展了大规模的三线建设。

所谓“三线”是指长城以南、广东韶关以北、甘肃乌鞘岭以东、京广铁路以西，主要包括四川（含重庆）、贵州、云南、陕西、甘肃、宁夏、青海等中西部省区和山西、河北、河南、湖南、湖北、广西、广东等省区的后方腹地部分，其中西南的川、贵、云和西北的陕、甘、宁、青俗称为“大三线”，一、二线地区的腹地又俗称为“小三线”。“一线”是指沿海、沿边与外国接壤的地区。“二线”则是在“一线”后方，“三线”之间的缓冲地区。例如，河南、安徽、江西、湖南、湖北的东部都属于二线地区。这一概念是为了准备打仗，在纵深腹地建设好一批工业企业、科研机构，特别是军工生产企业，以及相应的铁路、公路、机场等基础设施，以便在战争爆发，“一线”地区受到攻击的情况下，能够提供战争保障，抗击侵略。

世事有许多机缘巧合，后来我在原国家计划委员会工作后，原来设在成都的国务院三线办公室撤销，改为隶属于国家计划委员会的国家计划委员会三线办，我恰巧协助甘子玉同志（原聂荣臻元帅秘书）分管这块工作，经办了三线调整搬迁工作。我这里所讲的并非是第二汽车制造厂的建厂正史，都是些我自己知道的，或是我经历过的与二汽有关的一些趣闻轶事，但内容绝对真实，可从这些轶事、民间小事中一窥当年第二汽车制造厂建设的一些情况，也可以说是建厂史的一些小花絮。

我并不是二汽的职工，但我对二汽的情况非常熟悉，主要是两个原因。我是1967年大学毕业，当时“文化大革命”正处于高潮，1968年我被分配到广州军区42军惠州潼湖农场。当时和我同期在广州军区军垦农场的大学生中，有几位后来是知名人物，一个是后来成为外交部长的李肇星，他在汕头牛田洋农场；另一个是后来成为著名企业家的联想集团的柳传志，他在广州军区台山农场。1970年年初我们离开了军垦农场，我被分配到位于陕西秦岭山区的三线建厂，生产军用汽车的变速箱，当时叫94号信箱，就是现在的陕西法士特传动设备厂，已经成为世界上单厂生产重型变速箱最多的企业，是陕西省的明星企业了。这个厂的建设比二汽建设要晚，技术力量也没有二汽雄厚，所以厂里生产必需的许多工艺装备，包括非标准设备，刀具、夹具、锻造用的模具都拿到一汽、二汽去委托加工。当时二汽边建设，边生产，生产刀具的量刃具厂，当时叫 23 厂，生产非标准设备和夹具等的是 21 厂，生产锻造模具的是位于白浪片的 52 厂。

我那时年轻，工作干劲也大，用一根扁担挑着两摞图纸到二汽去，还受到了“扁担精神”的表扬。我们那时候去二汽都是火车硬座，有时甚至是站着，根本没有卧铺票。有一次为了节省货物的运输时间，我直接扛了一根拉刀乘火车硬座去二汽。很多人可能不知道什么叫拉刀，那是一根长 1.4 米左右，直径在 80 毫米左右，用高速钢制成的刀具，重三四十公斤。全国最大的拉床就是由济南机床厂为二汽加工发动机壳体平面专门设计制造的，一排拉刀一次性拉过去，一个发动机壳体的平面就全部加工完了。这台拉床就放在李岚清同志曾经工作过的发动机厂。我扛着这根几十公斤重的拉刀好不容易挤上了火车，浑身是汗。为了贪凉，把车窗打开，坐着就睡着了，下巴松垂下来，嘴张开，那时火车还是燃煤的蒸汽机车，煤烟和冷空气就直接吹到嘴里，到了二汽嗓子全部红肿，话都说不出来，赶紧送到张湾的二汽厂医院打吊针。这个医院也是为了二汽建设，从武汉迁过来的。当时的医德还是很好的，因为年轻，打了吊针没几天就好了，但是没想到就落下了支气管炎的毛病，直到现在，一受风、受寒，支气管炎就会犯。

到了20世纪70年代中期，开始抓革命、促生产，李先念副总理负责经济工作。当时一大批三线工厂未能投入生产，于是从一些工厂抽调了少数工程技术人员到机械工业部来抓三线工厂的配套工作，以促使三线工厂尽快形成生产能力。我和在陕西汽车制造厂的詹天佑的孙子两人被调到机械工业部汽车轴承局技术处工作，随即我被派到二汽工作。我住在二汽总部所在的张湾招待所，与当时任二汽总工程师的陈祖涛住在一个楼里。陈祖涛是红四方面军政委陈昌浩的儿子，后来陈昌浩去了苏联，陈祖涛在苏联长大，接受苏联教育，所以俄文说得很好，但中文已经很不流利了。他在苏联学的是汽车专业，所以后来回国后就在汽车厂工作。我们常在张湾招待所门前的地摊上买当地农民生产的柑橘，那种柑橘是大小不匀，皮很厚，未经改良的当地土产橘子。后来在张湾建了个体育场，成为了全厂集会的地方。

由于以上两个原因，我多次去二汽，在那里住了一段时间，也到各分厂和周边去转，因此对那里的分厂分布烂熟于心，代号都记得清清楚楚，至今仍忆之犹新，甚至可以画出地图来。例如当时二汽的厂区分布，在东边是白浪区，锻造类的工厂都在白浪区。再就是张湾区，二汽总部和总装厂都在张湾附近。再往西叫花果区，李岚清同志工作的发动机厂就位于花果区。

二汽厂址位处湖北、重庆、河南、陕西四省区交界，群山环抱的中国腹地。行政隶属湖北省郧县。北靠武当山，南邻神农架，交通十分不便。所谓的堰就是被山环抱的山坳。二汽的几十个分厂就分布在一个个山坳里，在这个大山坳里有三堰、五堰、十堰等一个个村镇。我记得后来铁路修建进了十堰，十堰火车站其实是在三堰。建丹江水库，老郧县县城淹没了，郧县就迁到了五堰。由于二汽的建设，过去只有铁匠铺的十堰成了十堰市。开始时十堰市是政企合一的架构，二汽的领导也是十堰市的领导，后来实行了政企分开。深圳市委书记厉有为曾任十堰市市长。同时为了为二汽配套，还建设了东风轮胎厂和襄樊轴承厂等企业。我 20 世纪 70 年代初去二汽时，铁路已经从襄樊延伸到了丹江口，但还没有建到十堰。去二汽火车只能乘到丹江口，然后等汽车去十堰，路上需四五个小时。那时大多数是搭拉货的卡车，坐在装货的车斗里。那时丹江水库已经建设。最初建设二汽的队伍和设备、物质是从水路乘船到邓湾，再用人力拉上岸。现在丹江水库成了南水北调中线的起点，水质非常好，为了南水北调工程，原来的丹江水库大坝加高了十米，使水沿伏牛山麓流向北京方向，但是多淹没，增加了 20 万移民。为给北京供水，湖北、河南是做出了牺牲的。因为我总在丹江口等汽车，等待的时间我跑到丹江水库大坝下的尾水区去看钓鱼。由于鱼有逆水而上洄游的习性，尾水区鱼密集成群，所以钓鱼根本不用鱼饵，而是铅坠上栓上铁钩甩出去，往回一拽，总能钩上几条鱼来。我对这里的情况很熟悉，所以后来我在国家计划委员会工作，讨论南水北调中线工程时，对当地的情况和地形地貌历历在目。

丹江口附近是老河口，在抗战时期是李宗仁任司令的第五战区所在地。当年的散兵游勇，伤员流落在当地的当然不少。在建二汽的“文化大革命”时期，处处都讲阶级斗争，清理阶级队伍，总讲这里敌情复杂，挖出不少曾在国民党队伍中干过的“阶级敌人”。由于地处偏僻的山区腹地，我看当地非常落后，“癞痢头”的很多，都是头上生疮留下的疤痕。现在医疗条件好了，很少会看到“癞痢头”的人。

由于交通不便，大家只能搭卡车走几个小时山路，强奸、抢劫、杀人的刑事案件的确时有发生。那时分配在二汽工作的大学生逢年过节回家探亲，带些土特产，山区有天麻，有一次一个学生买的天麻发现是用土豆制的假天麻，回去找就再也没有回来，失踪了。我在二汽那段时间还盛传在神农架发现野人，郧阳政府还真在二汽厂区贴出过关于野人的公告。其中一个传闻是一个农妇在溪里洗衣服时看到对面有个红毛野人在树上擦痒痒，报告后的确在树皮上找到了一根毛发，但化验结果只能证明是灵长类动物。但最有说服力的一个故事是五位乡镇干部夜里乘车去开会，汽车大灯照射时发现前面公路上有一个野人过公路，迅速穿过公路消失在树林中。由于是五人共同目睹，所以容易被大家相信。

那时候通往十堰的铁路和公路还在修建中，沿途看到来自周边大悟、枣阳、竹山各县的民兵队伍在筑路，沿线都贴着标语口号，落款是各县的民兵营。后来任北京市副市长、分管基建的张百发当时就在修建焦枝线的铁路建设队伍中。通往十堰只有一条铁路和一条公路，当时我们从北京或西安、宝鸡去二汽都是在郑州或洛阳换乘焦枝线的火车，一路站着到襄樊。那时我对郑州不熟悉，只知道郑州有个二七广场，是市中心。所以在郑州等火车时就到二七广场附近去找个面馆吃早餐。那时在二七广场周边只有一个面馆，顾客坐在长板凳上吃面，后面站着几排人在等，现在简直是不可想象。

二汽的厂址选在深山中的腹地，交通十分不便，是和当时的主导思想有关的。当时强调要准备打仗，建厂要尽可能靠山隐蔽，所以有“进山一尺和出山一尺”是路线斗争之说。二汽厂址的选择最初也有选择在地势较平坦地方的方案。当时因为正值“文化大革命”期间，工厂里面也有两派群众组织。其中一派的头头儿是主张建在东部石花街谷城一线（另一说是六里坪）的，但是受到了批判。另一派则主张建在西部鲍峡镇，直到陕西安康的方案，争论很激烈。后来是李先念副总理一锤定音，既不在东，也不在西，定在了中间的十堰。当然后来这些群众组织的头头儿都下台了。但是后来在二汽某个建厂纪念日的时候，还把这位主张建在东部石花街谷城一线（六里坪）场址的当时的头头儿请回来参加了纪念活动。

二汽最初确定的产品是军用2.5吨、3.5吨越野汽车和民用5吨卡车。为了建设第二汽车制造厂，从东北长春抽调了约三分之一的干部职工，来到湖北十堰的深山老林建设工厂。同时将第一汽车制造厂的老领导，正下放在南京汽车制造厂当副厂长的饶斌同志重新起用，调往十堰，领导二汽的建设。饶斌同志资历不浅，东北解放战争时期

当过哈尔滨市市长，后来还当了原国家经济贸易委员会副主任，在党的八大上发言，是当时年轻有为的干部。

不过当时还是在“文化大革命”中，一切都在军代表领导下，东风汽车厂实际上的一把手是武汉军区司令员孔庆德，二把手是湖北郧阳军分区司令刘景修，饶斌同志开始也只能排到三把手，四把手是湖北机械厅厅长白洛。直到后来“文化大革命”结束，邓小平复出抓生产，军代表都离开了企业，饶斌才成为二汽实际上的领导人。饶斌同志后来任机械工业部部长，是汽车业界公认的受尊敬的领导人。后来任中央政治局常委，国务院常务副总理的李岚清同志复旦大学毕业后分配到第一汽车制造厂，曾是饶斌同志的秘书，他也同时调往十堰，参加二汽的建设，担任发动机厂，时称 49 厂的党委书记。李岚清同志任 49 厂党委书记期间，起用了一些年轻人，例如后来成为东风汽车公司总经理的马跃，他毕业于清华大学汽车专业，和我是老乡，浙江杭州人士，后来在中国贸促会副会长任上退休。像马跃这样，来自于全国各大高等院校，“文化大革命”中毕业的老五届大学毕业生分配到二汽工作的，我没有准确的数字，估计至少在 1000 人以上。其中像马跃这样毕业于清华大学汽车等专业的大学毕业生不在少数，包括胡锦涛总书记的入党介绍人陈清泰和他的夫人，我们称她楼楼，是楼继伟的姐姐。

后来东风汽车公司与法国雪铁龙在武汉成立合资厂，生产东风雪铁龙轿车，宋延光、楼楼和宋祖尉是当时与法国谈合资的主要人物。因为二汽是一个三线企业，所以还

挂上了一个密级，能够到这里来工作的大学生还得是经过政审，家庭、个人历史清白，符合密级条件的人，现在想来那也是在那个以阶级斗争为纲时代的条件，是否也过于苛刻了。在这批大学生中后来也出了一些名人。例如毕业于哈尔滨工业大学的王兆国。他是 1968 年到二汽参加建设的，任过二汽的共青团书记，我印象中他最初当过青年突击队队长，后来提拔为分管生产的副厂长。

后来“文化大革命”结束，邓小平复出主持工作，带领曾经在二野负责后勤工作的他的老部下，机械工业部部长段君毅，乘面包车到二汽视察。在面包车上听了时任二汽负责人黄正夏的汇报。黄正夏同志曾是原国家科委计划局局长，后来也在二汽工作，当了二汽第一书记。黄正夏同志是位老干部，政治嗅觉灵敏。邓小平同志复出主持工作，拨乱反正，提出要提拔一批革命化、知识化、年轻化、专业化的“四化”干部，特别是不能提拔“文化大革命”当中的“造反派”，也不能提拔在“反击右倾翻案风”中不抓生产，只搞大批判的风派人物，而王兆国同志正符合“四化”的条件。

黄正夏率领王兆国同志在汽车上向邓小平、段君毅汇报二汽的工作。黄正夏特别向邓小平介绍了王兆国，说他在“反击右倾翻案风”中没有去搞大批判，而是一门心思抓生产。他的这一介绍给邓小平留下了深刻印象。邓小平同志回到北京后，在政治局会议上说，下面的人才很多，像二汽的王兆国就是一个革命化、知识化、年轻化、专业化的“四化”干部，不要说“四化”人才不好找！负责组织干部工作的胡耀邦很快到二汽考察，王兆国提拔到中央来工作了。

根据毛主席关于三线建设的一系列指示：“现在建不建三线就像大革命时期要不要下乡一样”“没有钱把我的稿费拿出来”“没有路骑着毛驴去”“好人好马好设备”等。当时建设三线确实调集了一批精兵强将。例如，我国汽车业界学术头衔最高的是唯一一个汽车专业的科学院学部委员、一级工程师孟少农，“文化大革命”当中从干校分配到了陕西汽车制造厂当总工程师，他的月工资是 400 元，而当时大学毕业生的月工资只有 40 多元，那时候 400 元的工资就是高得不得了了。

三线工厂都在偏僻的山区，那里的农民没有什么商品意识，吃西瓜都不是给现钱，把账记在香烟纸的背面，到发工资的时候再到厂里来收账，很多小年轻吃西瓜的账都记在了孟少农头上，“孟少农吃西瓜一个”。孟少农在汽车业界有很高的声望，在形势转向抓革命促生产后，二汽请孟少农去做了一个报告，大受欢迎，后来他就从陕西汽车制造厂调到了二汽。

由于二汽建设时正值“文化大革命”期间，所以一边要在艰苦的环境中建设，一边还要与各种思潮斗争。那时候很多做法受到“左”的思潮影响，不仅在厂址选择上尽量往山里走，而且各分厂之间距离很远，都建在一个个山

坳里，摊子铺得很大。因此后来形势逐渐稳定后，有一种批判的声音说二汽厂址的布置是“羊拉屎”，厂房和宿舍分散在各个山沟里。

当时是一位工人出身的副总理孙健负责抓三线建设工作。现在大家都知道农民出身的副总理陈永贵，对工人出身的副总理孙健知道的人很少了。孙健是从天津提拔上来的工厂工人。李先念在介绍孙健的时候讲了他很多优点，说他是从工厂成长起来的，懂技术、懂经济。孙健副总理到二汽视察，针对二汽厂址是“羊拉屎”的说法更正说，这不能说是“羊拉屎”，是“牛拉屎”，一摊一摊的。因为二汽的各分厂都是分布在一个个山坳里，周围都被山环抱，为了防洪，山上都建有水库，因此后来说二汽头上顶着一盆盆水，如果一旦溃坝，后果不堪设想。

因此国家又拨了钱，把二汽周边山上的水库加固了一遍。在建水库时，我有闲暇也爬上去看，有时候肚子饿了就在大坝上和工人们一起吃箩筐里送上来的饭，他们对我都非常热情。那时被大坝截断的河床下游水很浅，很多人在河里抓鱼、炸鱼。当时我看到河床里有手指长大小的像鲨鱼一样的小鱼，很奇怪这是什么鱼。后来我在国家计划委员会工作了，参与审查金沙江的水电站项目，其中争议很大的就是保护长江中上游特有鱼种的问题。在现在向家坝水电站所处的金沙江河段有中华鲟、白鲟、胭脂鱼等特有的珍稀鱼种，后来我一看这个中华鲟不就是我当年在二汽建水库时河床上见到过的鱼的形状吗，所以可见长江、金沙江中的鱼类洄游到上游河段产仔，不仅仅是在金沙江的向家坝河段，当时也有沿汉水而上，在二汽附近的河流里也有。

二汽建厂时工业战线都在学大庆精神，其中有一条就是先生产后生活，厂房都是按干打垒建的，这是学大庆的经验，所以二汽早期的厂房也都是按干打垒建设。那时军代表领导二汽建设，也流传一些故事。比如武汉军区司令员孔庆德抓二汽的建设，他首先是抓总装厂，也是用干打垒首先把总装厂建起来。他给全厂动员说，我老孔已经把龙舞起来了（指装配线），看你们往哪里站？意思是要求各个分厂赶快把产品拿来装配。后来二汽干打垒的厂房和地面铺得太薄，都不符合厂房的要求，全部推倒重建了。

邓小平复出开始抓革命、促生产，饶斌同志开始真正当上了二汽的一把手领导，当时二汽人员的构成，技术骨干、技术工人是从一汽和其他工厂调来的，还有相当一部分高等院校毕业的大学生，同时也分配了上万的复员军人。这些复员军人中有些技能不能适应汽车厂工作的需要，而且受当时左的思想影响，闹事儿的不少。饶斌主持

工作后，提出要把这上万的复员军人重新分流，不适合在汽车厂工作的安排到湖北、河南省的其他领域。这就引起了这部分复员军人的不满，有一部分人扎了一个饶斌的纸人，拿到办公室门口去烧。但是后来在上级领导部门的支持下，饶斌还是坚决地把一些不适合在工厂工作的复员军人分流到了其他的一些地方，例如长江航运等岗位。

回首二汽建设的过程，这些都不过是一些不见正传的小花絮而已。由于在正传你不会看到这些琐碎的小内容，所以我把这些花边写出来，让大家对当时的情况有所了解。

穿越历史的时空隧道——金门怀“古”

2014年12月我随曾培炎理事长到中国台湾参加海峡两岸经贸交流理事会会议。这是党和国家领导人与时任国民党副主席吴伯雄协商结果设立的机构。台湾方面是国民党副主席萧万常任理事长。下设若干个组，我担任大陆方面能源石化和装备组的组长，台湾方面相应是台湾原“经济部长”施颜祥先生。由于大陆与台湾分离太久，特别是金门，虽然离大陆最近，但除福建厦门人外，恢复“三通”后大陆去的人还真不多，因此回程我专门选了从金门到厦门这条路。现我把有趣的见闻记录下来。

一、台湾老兵民谣

1949年国民党败退台湾岛，开始时还幻想反攻大陆，给从大陆来的老兵灌输很快就能回到大陆的思想。台湾老兵中流传民谣：“一二三，到台湾，台湾有个阿里山，阿里山上有神木，我们明年回大陆。”

台湾最高峰玉山高3952米，北回归线经过嘉义，其南即属热带。16世纪荷兰人占领台湾，最早在台南。北部是西班牙人。台湾又被叫作福摩萨，这个名称来自葡萄牙语。意思是孤悬于太平洋上绿色的岛屿。葡萄牙人航海经过台湾时，这样称呼台湾岛。

台湾导游贞贞小姐在经过台湾“教育部”时向我们介绍，“教育部”是文的，要文武双全，所以旁边是武的——少林寺分院。她是在调侃“立法院”。我开始不解，后来知道她是在调侃台湾“立法院”经常上演两党议员的武斗，所以戏称少林寺分院。

二、金门台军的军妓制度

金门曾经是两岸对峙的前线，1949年10月24日至26日惨烈的古宁头战斗，解放军遭受了解放战争以来最惨重的损失。1958年8月23日晚6点起至1979年长达20年的炮击金门，金门曾是牵动两岸神经，开展军事斗争和政治博弈的角力场。但青山依旧在，几度夕阳红，随着两岸关系的改善，金门已失去了作为前线的军事斗争价值，昔日的坑道战壕炮台成了回顾往昔的旅游景点。

我是第一次从台湾登上金门岛，用历史的视角来观察这座在大陆颇感神秘的岛屿。下面讲一下金门岛的军妓制度和遗址。1949 年国民党败走大陆，数万官兵驻守金门，与百姓杂居，军纪出现问题，经台湾“国防部总政治部”批准，设立了军中乐园，也就是军妓院。

后来改名为特约茶舍。当时兵士二等兵月津贴 7 元台币，一等兵 12 元台币，逛一次妓院 30 分钟，12 元台币，相当于一等兵一个月的薪水。

这些战争中的女人没有留下任何姓名，随着时间的流逝都已淹没在历史的烟尘之中，来无影，去无踪，不免让人唏嘘。

三、惨烈的古宁头之战

1949 年解放军第十兵团解放了福建全境，先头部队从三个师各抽调一个团，共 9000 多人，分乘 200 多艘渔船，在 10 月 24 日夜间乘大潮偷袭金门。由于对当地气候、潮汐规律不熟悉，受东北季风影响，渔船未能在原定的金门蜂腰部琼林村登陆，而是漂移到偏西南的古宁头上岸。但是历史就是这样的巧合，在前一天国民党军刚巧在古宁头进行军事演习，66 号坦克因故障坏在沙滩上，64 号、65 号坦克于是留下来陪伴和帮助修理。

当解放军半夜突然登陆时，没想到这里有三辆坦克，国民党军立即开炮拦阻解放军登陆。古宁头之战于是打响。更不幸的是此时国民党胡琏部刚从海南岛撤退去台湾，刚巧路过金门附近，接到命令立即投入战斗，国民党军队总数于是大大超出了战前解放军掌握的数量。当时解放军势如破竹，所向无敌，作战非常英勇。但是由于不了解潮汐规律，又不幸正值退潮之时，渔船搁浅，后续的第二梯队部队不能按计划上来，在大陆这边的部队能听到金门这边枪炮声，却只能干着急，眼看着自己的弟兄被国民党军队包围。战斗异常激烈，最后解放军占领的指挥所被枪炮打得千疮百孔。最终寡不敌众，被全部压缩到一处断崖处，没有退路，一位团长战死，尸体靠在岩壁上没有倒下。后来连国民党胡琏看了也感叹：共产党能把兵带成这样，不得不佩服。另一名团长被打散躲在山上，国民党军

解放军占领的指挥所被枪炮打得千疮百孔

搜山打扫战场，藏了七天七夜，只能挖农民地里番薯充饥，被村民发现，被俘，后押往台湾坚贞不屈被枪毙。

从指挥所瞭望古宁头海滩

国家发展改革委曾经请军事科学院战史研究所来讲过一次古宁头战役，和我这次看到台湾方面讲的基本一致。凭吊旧日战场令人唏嘘。

四、金门也有地道战

金门160平方公里，弹丸之地，距厦门仅10公里，炮火可打到岛内任何地方，如何能长期坚持下来？主要建了庞大的地下坑道，狮山炮台、霍山水下坑道全部建在山中的坑道中。一是村庄，就和我们的焦庄户地道战一样，家家户户地道相通，对着街道都设有暗堡、射击孔，在坑道

地堡

中还打了水井，便于长期坚守，也许是吸取了我们上甘岭的经验教训。据介绍，蒋介石曾请日本人帮助规划坑道。因为第二次世界大战中日本人在太平洋岛上也建了不少坑道。

金门中心琼林村的地道水井

八二三炮战中由于台军火炮多隐蔽在坑道中，避免了损失，而我方布置的火炮阵地多数在地面，反倒遭受不少损失。国民党军吸取八二三炮战经验，为了避免后勤补给被切断，建了水下坑道，岩石均为花岗岩，通到海里，平底运输船可以从海里开进坑道卸货。

地下坑道

霍山水下坑道

五、八二三炮击金门之战

1958年8月23日傍晚6点半大陆万炮齐发，炮击金门之战开始。当时台湾“国防部”部长俞大维正准备在一个湖畔餐厅宴请守岛将领。金门守军副司令吉星文中将，守军副司令赵家骧少将和金门空军司令三人当场被炸身亡。俞大维因晚到，头部受伤，一颗小蚕豆大小的弹片打入头部，幸好没伤到要害。这个弹片直到俞大维死后火化时才取出，目前陈列在金门俞大维纪念堂中。守岛司令胡琏幸免。位于金门背面的料罗湾港口也是炮击重要目标，因为这里是国民党军队后勤补给的港口，炮击这里以切断守岛国民党军队的后勤保障。美军军舰退后3海里，不直接参战。但是由于国民党守岛部队的大炮都隐蔽在坑道掩体中，所以未能完全摧毁。相反国民党军队反击时由于我方炮兵阵地都在露天，只有简单伪装，也受到不少损失。但是总体火力我方强于金门炮兵。美国为帮助台湾，从琉球运来八英寸火炮，炮弹重91公斤，爆炸威力巨大，第一炮就炮击了厦门火车站。美国共运来了12门八英寸炮，帮助守军增加火力，的确给我方造成很大损失。

隐藏在山洞中的大炮

另外，国民党空军战机是美国的佩刀86型，美国帮助配备了响尾蛇导弹，造成空战中我方飞机损失。炮击金门之战持续下去，后来为配合政治斗争，由时任国防部长的

隐藏在山洞中的大炮

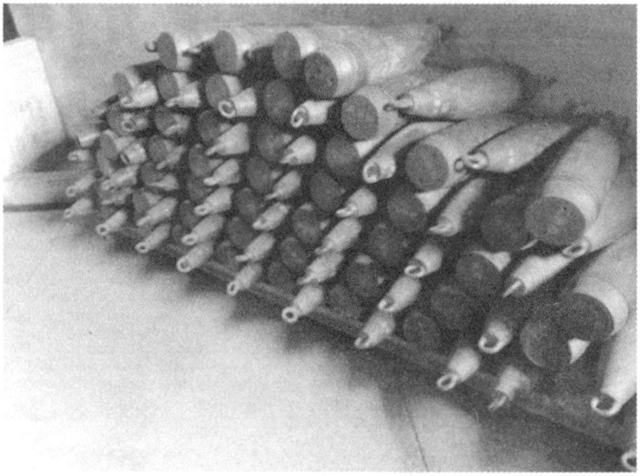

炮弹

彭德怀宣布单日炮击，双日不打。炮击金门一共持续了 20 年，直到 1979 年中美建交后才完全停止。

金门最前沿的马山播音站（专门对大陆广播）

六、古今多少事，都付笑谈中

金门曾是蒋介石一心想反攻大陆的桥头堡，也是毛主席想统一台湾的一个棋子。按现在大陆的实力收复金门不成问题，连金门的淡水现在都是大陆供应了，但当时延续20年的炮击金门一直是一场政治博弈。金门长期以来处于战时状态。

展出的昔日兵器

展出的昔日兵器

“古今多少事，都付笑谈中”，昔日的地堡、坑道，如今成了旅游参观点。昔日的兵器今天成了展览品。当年炮战的炮弹皮今天被用来制成金门菜刀，成为畅销的旅游纪念品。

七、金门的景点

以下几图为在金门景点拍摄的照片。

觀海
大觀
砥柱
如画

攀枝花市的趣闻轶事

中央电视台和冶金工业规划研究院要拍摄一部钢铁题材的专题片，摄制组2015年7月11日来采访我。鞍钢恢复建设、攀枝花钢铁厂建设和宝钢建设说成是中华人民共和国成立后钢铁工业的三个里程碑。攀枝花钢铁厂建设作为第二个里程碑我还没有完全想通，因为包头钢铁厂建设建起了草原钢城，意义和攀枝花钢铁厂建设差不多。但是攀枝花钢铁厂建设是在三线地区的内地，对于改变钢铁工业布局意义重大。

攀枝花据说是唯一以花命名的城市，攀枝花就是木棉花。因为发现了钒钛共生的磁铁矿又被称为钒钛之都，钒、钛分别占全国储量的59%和93%，占世界的11%和35%，位列世界第三和第二。过去因处理二滩水电弃水和金沙江中游水电建设问题，我曾多次到过攀枝花市，这是一座因矿而生的城市，随处可见盛开的木棉花和艳丽的三角梅，是个坐落在金沙江畔的美丽山城。攀枝花还有硕大的芒果，过去只以为广西、海南盛产芒果，没想到攀枝花的芒果比广西的个头还大，味道也更好。攀枝花市属金沙江干热河谷气候，海拔1800多米，夏天并不太热，昼夜温差大。冬天20多摄氏度，当地人一再强调在这里过冬最舒适了，盛情邀请我来这里过年。

攀枝花现在人口有120多万，但据说城区里当地土生土长的居民只有七户，其余都是为了建设攀枝花钢铁厂从鞍山、北京、天津、成都、重庆等地迁来的。鞍山负责建钢铁厂，北京石景山电厂负责攀枝花电厂，天津负责公交，建筑工人则是重庆的“棒棒军”了，还有森林工人来自黑龙江省的牡丹江。在这里建钢铁厂的首要原因是在这里发现有储量很大的磁铁矿。说到发现磁铁矿还流传着一段轶事。

20世纪30年代发现攀枝花磁铁矿的是一位叫常隆庆的地质学家，时任国民党西康行署资源专员。他在这一带勘探找矿时有一次在一棵攀枝花树下歇息，走来一位挑担的老汉，嘴里骂道：“狗日的撞见鬼了！每次走到这里怎么担子就重了。”由此常隆庆受到启发，发现了地下埋藏有磁铁矿。但是由于钒钛共生的磁铁矿难于冶炼，1949年后作为一项科技攻关课题，在周传典同志带领的科研小组攻关下才炼出了第一炉铁水。

攀枝花钢铁厂位于金沙江畔的叫做“弄弄坪”的山冈上。这个名字的由来是邓小平向周恩来汇报钢铁厂选址时讲到，现在这个厂址矿山和水条件都好，只是地势不平有山。周恩来听后说："不平那就弄弄平好了。"于是，厂址就定在了这里。山冈的名字就叫做了"弄弄坪"。

我在一次参观生产钒的工厂时还知道了钒元素名字的由来。钒元素是1830年瑞典化学家发现的，他用希腊神话中的女神"凡纳第斯"为这个元素命名，所以就叫作了"钒"。

这是三段关于攀枝花的趣闻轶事，乐而记之。

沙 漠 公 路

21 世纪初，国家决定开展西气东输工作，我到塔里木油田考察，塔里木油田总经理和我同乘一辆吉普车到位于塔克拉玛干深部的塔中油田，驾驶员居然曾经是林彪的司机。你可能会感到奇怪，林彪的司机怎么会给我们开车呢？因为 1971 年这位司机才十九岁，是全军爱车模范，被调到林彪身边当司机，林彪出事后他也受到牵连，受到审查。后来因为是个小战士，也没有什么大问题，被安排到南疆军区当司机，后来复员就来到了塔里木油田当司机。

那天沙漠中飘起了罕见的一点小雨。沿途沙漠公路两侧为了保护公路不被沙丘移动掩埋，两侧打满了芦苇方格。但我奇怪地发现有些干枯的芦苇却长出了绿色的嫩芽。油田同志告诉我，塔克拉玛干大沙漠虽然是死亡之海，但历史上它曾经是海洋，沙丘下面一米到两米深处有苦咸水存在。芦苇是耐盐碱植物，如果它的根部能够接触到苦咸水就能够成活。

到了塔中油田，在这里工作的是一批年轻人，他们被共青团中央授予先进模范单位。在工作区周边他们种了一些红柳，用滴灌的办法让红柳存活。这些都给我留下了深刻的印象。时任中石油总经理的马富才同志对种植红柳绿化沙漠也非常感兴趣。他对我说，国家能不能资助一些钱，中石油也出一些钱，在沙漠公路的两侧用滴灌的办法种植红柳。于是我打报告给时任原国家计划委员会主任的曾培炎和负责投资的副主任姜伟新，希望国家拨付一亿元资金，由中石油出一亿元资金，在沙漠公路的两侧种植红柳。这一报告立即得到了曾培炎主任的大力支持，很快得以实施。种植办法：每隔 10 公里布置一个泵站，抽沙漠下苦咸水滴灌，雇一对来自青海、甘肃贫困地区的夫妇值守。

若干年后我陪同曾培炎副总理到绿化了的沙漠公路参观过。那时塔里木油田总经理已是孙龙德，他们把我当年给培炎同志报告的影印件也挂在介绍板上。这时横穿塔克拉玛干死亡之海的 500 公里沙漠公路两侧约 50 米宽地带已经绿色成荫，最高的长到 2 米，而且树下有了野兔，还长出一种叫作肉苁蓉的名贵中药。这真是人间奇迹。

诺贝尔物理学奖得主、美国能源部部长朱棣文上任后到中国来访问，和我会谈时，谈起碳捕捉的问题。我坦率地向他表达了我的意见。我个人并不看好碳捕捉，且不说封存在地下的可靠性如何，花费新的能源消耗，把占碳排放总量微乎其微的二氧化碳封存在地下，不如把这些花费用来绿化荒漠。收获的碳汇也比搞单纯的碳捕捉好。我邀请他有机会去看看中国沙漠公路的绿化情况。最后，他很坦诚地说，能源部长要分配每年的能源研发资金，一些人就是靠申请碳捕捉课题来获得资金的，如果不搞碳捕捉就断了这些人的研发资金了。他不能这样做。

塔里木沙漠公路

塞 北 行

在北京的正北方，经过一段坝上草原以后就到了内蒙古境内的多伦。其实直线距离多伦距北京很近，北距北京边界 180 公里，公路距离 305 公里。多伦在清代曾是北方重要的商埠城市，因为它是通往蒙古，去俄罗斯和欧洲的重要通道，是农牧产品重要的贸易集散地。当时北京人口 40 万人，多伦有 20.4 万人，财政收入比呼和浩特和包头之和还多。多伦有商户 4000 多家，其中晋商 1000 余家，建有山西会馆。在南京、上海都有多伦路，天津有多伦道。在中国其他城市鲜有以内蒙古城市命名的街道，可见当时多伦知名度要高于内蒙古的其他城市。

孙中山先生建国方略中铁路规划是经过多伦的，后来因为外蒙古独立，加上京张铁路经张家口至二连浩特，未经过多伦，再加上东北的中东铁路修建，多伦作为交通要道的地位衰落，其知名度和重要性也逐渐减弱了，知道的人也就少了。多伦在中国的统一史上有着重要的地位。清朝康熙皇帝亲征蒙古噶尔丹部，在多伦诺尔与蒙古喀尔喀部 48 个王公会盟，从此蒙古归顺清朝，奠定了中国的版图。康熙皇帝说：“昔秦兴土石之工，修筑长城，我朝施恩于喀尔喀，使之防备朔方，较长城更为坚固。”会盟后康熙在多伦建汇宗寺，48 个部落各派一名僧人主持。后来汇宗寺在第二次世界大战后期，苏蒙联军进入中国打击日军时，被苏军烧毁。

元忽必烈在现在内蒙古锡林郭勒盟的金莲川建了上都，元朝的 11 个皇帝中有 6 个是在此登基的，是元的夏都。元末红巾军起义，农民起义军曾两次攻占了金莲川的上都，并烧毁了上都，目前仅剩下遗址。元朝末年的农民起义推翻了元朝，蒙古的残余势力被驱赶到漠北。朱元璋派自己的第四个儿子朱棣镇守北京，后来靖康之难，朱棣从自己侄子手中夺去了皇位，把首都迁到北京。明成祖朱棣五次亲征扫荡蒙古残余势力，65 岁时最后一次亲征，病逝于塞北的榆木川。朱棣是明朝有为的、武功显赫的皇帝，但过去对他卒于何时何地我不知道，直到这次塞北之行才搞清楚。蒙古的残余势力对明朝边境的骚扰在明朝存在的 300 年间始终没有停过，甚至于在土木堡之变时把明朝的皇帝英宗都抓走了，明朝的实际边界在现在北京的八达岭长城。明朝调抗倭英雄戚继光修筑长城，防御蒙古入侵。

在锡林郭勒盟后来发现了丰富的煤炭资源，储量有114亿吨之多，仅胜利煤田就发现面积超过341平方公里，储量超过24亿吨的褐煤可以露天开采，故称之为煤海。锡盟的褐煤资源尚未大量开采。但是这里褐煤的热值不高，3000~4000千卡/千克的居多，灰分多，所以长途运到外地不合算，最好是建坑口电站，就地利用，电送远方。黄毅诚同志任能源部长时和退休后一直很关心锡林郭勒盟褐煤资源的利用，呼吁建坑口发电基地，将电送到华东电力需求大的地区，在那个缺电的时代，这一建议听起来是很合理的。我任国家能源局局长后和黄毅诚老部长看法一样，想推内蒙古锡林郭勒盟的坑口煤电基地，上大容量、大机组，用特高压输电送往缺少一次能源的华东地区，但是由于种种原因一直未能具体落实。其中争论最大的是关于交流特高压和三华联网问题。国家电网公司的意见是从锡盟建一条1000千伏交流特高压输电线路，落点在华东电网的南京。这样华北电网和华东电网就联结成一个同步电网，加上从晋东南到湖北荆门已经建设1000千伏交流特高压线路，华北电网和华中电网已经成为同步电网，这样就统称三华电网（华北、华中、华东）。但是有一些人反对三华联网，认为同步电网太不安全。两种意见争论激烈，致使在“十二五”规划中重要的电网规划不能出台。后来出了一个妥协方案，从锡盟建一条直流输电线到华东，另建一条交流线路到山东泰安，这样就避开了将华北电网和华东电网联成同步电网。但是经过快十年的争议，电力形势已经变化，包括华东电网在内，缺电已经不突出，煤电的发展也受到限制，锡盟煤电基地和到华东的输电线路虽然在规划中了，但迫切性已经不那么突出了。

在这个期间，在锡盟也上了几个电厂。当时任锡盟盟长的是北京女知识青年陈朋山，她最初来找我是要求审批一条叫做锡-桑（锡林浩特到桑根达来）的地方铁路，以便把煤炭资源和其他的物质运出来。她告诉我，朱镕基总理曾经下放在锡盟阿巴嘎旗。我没有听说过，我只听说过朱镕基总理曾经下放在廊坊的石油管道局。后来我才确认，朱镕基总理的确也曾下放到过内蒙古锡林郭勒盟的阿巴嘎旗，可能时间并不很长，知道的人很少。我批准了这条地方铁路的建设，这在当时是铁道部之外，地方自己建设的少数几条铁路线之一。陈朋山同志后来调任内蒙古自治区发展改革委副主任后，又来找我审批正蓝旗电厂，又叫上都电厂。当时北京正缺电，需要增加从外地向北京的输电量。正蓝旗就在北京的正北方，距离不远，使用锡林郭勒胜利露天矿的褐煤，有煤资源保障。这次我去塞北也专门去参观了胜利露天矿。矿体的褐煤分层分布，有的煤层热值只有2000多千卡/千克，就剥离堆放不用了，有的还有自燃现象，只开采大约是第四或第五层的热值为4000千卡/千克左右的褐煤，所以今后复垦，植被还原十分重要。但是我顾虑在那里水资源非常宝贵，后来正蓝旗电厂采用空冷机组，尽量减少水使用量，使用的是多伦西山湾水库的水，因此也引发了多伦一些干部群众的不满，曾经有数十位多伦的干部写信反对，说是电厂建在了正蓝旗，却用了我们多伦水库的水。但是正蓝旗的建设确实发挥了作用，在我去时已经累计发电550亿千瓦·时，成为了向北京供电的一个重要来源，也是保障北京奥运会的重要电源，发电利用小时数也一直很高。我在此次塞北之行中专门去看了多伦水库和正蓝旗电厂。在那塞北高原，多伦水库就像一颗明珠一样，水质清澈，因为有了水，周边植被丰茂，环境优美。水对于内蒙古来讲是生命之源。

塞北地区同时也是北京主要的风沙源。现在雾霾成了北京市民最关注的大气污染问题，但在过去北京最糟糕的天气是沙尘暴，尤以春季的沙尘暴为甚。所以朱镕基担任总理时十分关注沙尘暴的治理。我曾陪同他到北京市的一个环保研究机构去调研，了解北京市沙尘暴的源头到底是哪里。研究机构可以收集沙尘中的微粒，根据其成分进行比对，发现沙尘起自何处。根据该环保研究机构观察，北京沙尘暴起源远的在蒙古国、蒙西阿拉善地区、甘肃等地，但是近处的锡林郭勒盟的浑善达克沙带是最重要的风沙源。浑善达克沙带是横亘东西，连绵300公里，宽60公里的半移动沙带。朱镕基总理十分重视北京沙尘暴的治理，提出加大三北防护林建设力度，同时退耕还草、退耕还牧来恢复生态。2000年，他亲自带领各部委领导到浑善达克沙带考察，提出治理京津风沙源，指导植树造林种草工作。经过近十年的建设，这次我塞北之行看到浑善达克沙丘上已经长出丛丛荆条、沙棘、红柳等沙生植物和草。虽不是覆盖了整个沙丘，但移动的沙丘基本固定住了，沙丘上显出了绿色，治理沙尘暴取得了明显成效，北京的沙尘暴明显减少了。

来自西伯利亚的寒流、风沙是害，但也可以利用为可再生能源，发展风电。塞北是我国风力资源最丰富的地区之一，所以在制定风力发展规划时，就把这个地方作为发展风电的重点地区。我提出了“风电三峡”的概念，其中一个就是在内蒙古建设1000万千瓦的风电基地，我和时任内蒙古自治区主席的杨晶同志在塞北举行了内蒙古1000万千瓦风电基地开工仪式。经过几年的建设，从坝上草原到内蒙古的锡林郭勒，一路上都可以看到座座风电场，其中锡林郭勒的灰腾梁是风力资源最好的地方，70 米高的常年风速 8.5 米/秒。这次我去，看到山包上竖起座座风塔，装机容量已经超过 190 万千瓦，发电 55 亿千瓦·时，但是遗憾的是弃风问题依然存在。弃风有多种原因，电力供应缓解，需求下降，体制问题，输电通道建设滞后，储能容量不足，如何解决风力发电不连续、间隙性、不可控这些技术问题。内蒙古电网曾经一度风电占比接近 30%，从坝上到内蒙古的广大地区风力资源被利用的还是小部分，可再生能源发展还大有潜力。

在多伦附近的克什克腾是我国第一个煤制天然气（甲烷）项目所在地，年产 40 亿立方米。过去的城市煤气应该叫作合成气，它是由煤气化炉发生的一氧化碳、氢气、二氧化碳的混合气，热值较低，燃烧后废气以二氧化碳为主，不够环保。为解决北京市城市天然气供应不足问题，当时北京市副市长吉林和大唐电力张毅副总经理找我，想以内蒙古锡盟丰富的煤炭资源，用煤生产天然气（甲烷）。我对这种技术不懂，煤如何能生成天然气？大唐张毅等同志向我详细介绍了美国大平原公司的技术。我的化学基础还比较好，我一个个弄懂了化学方程式，认为用煤制天然气技术上是可行的。后来这个项目在克什克腾建设，我这次去看，工厂完全是在沙丘上推出的平地上建设的，来自各地的工程技术人员在这个远离城市的沙漠中工作。中国的工程技术人员、工人真是可爱，他们发挥自己的专长，宁可离开城市到这个沙窝中来创业，遗憾的是这个煤制天然气工厂是首例，碰到了很多技术问题和经济效益问题，一直处于整改之中。

这次我的塞北之行是五月份，正值内蒙古草原草长莺飞的季节，吉普车在辽阔的内蒙古草原上一开两三个小时，沿途都是翠绿的山峦，听着吉普车上放的天边等蒙古歌曲，看着祖国辽阔的大地，自己的心胸好像也宽了。我仿照天边的歌词也写了一首歌词，后来交给同为全国政协常委的王立平老师谱曲。王老师又做了一些修改，把可能涉及别的词曲知识产权的句子改了一下，谱成了一首《憧憬蓝天》的歌，由吴碧霞演唱。她当然唱得很好，但是我觉得歌词好像和我的原意有了些差异。

我把这次塞北之行，尝试用排律记载下来，诗名《塞北行》。

驱车锡盟向多伦，
浑善达克草木生。
连绵山川望不尽，
天地苍茫可纵横。
塞北古来多征战，

秦兴土木筑长城。
元建上都有遗址，
空留荒漠伴驼声。
成祖亲征彰武功，
榆木川谷巨星陨。
康熙平定噶尔丹，
多伦会盟定乾坤。
契丹辽宋元明清，
沧海桑田新内蒙。
百里煤海富锡盟，
灰腾梁上风电劲，
正蓝旗电送京津。
克什克腾煤化兴，
谋划高压送南京，
长调高歌塞北行。

鲜为人知的腾冲

归纳我所谓的鲜为人知事项：一是徐霞客来此考察蛤蟆嘴，因重病被当地政府抬回原籍江苏，不久病逝；二是云南省曾报给我要建腾冲地热电厂，被我否决，改为建温泉宾馆；三是日本占领时曾想建地热电厂，因热水喷涌压力大，当时技术达不到未能建成；四是第二次世界大战时史迪威将军不仅建了史迪威公路，还建了加尔各答到云南的输油管道；五是建于1910年的石龙坝水电站用的是西门子设备，至今西门子图书馆保存有完整资料，我得到了复印件；六是叠水河瀑布是中国唯一城市内瀑布，水电站为中国第一个综合水利枢纽工程，中国大陆仅次于云南石龙坝电站的第二个水电站，建于1912年。

近年云南腾冲的知名度已经很高了。一是因为国民党滇缅抗战，腾冲是在1944年9月国民政府收复的第一个日占县城，建有国殇园。二是因为位于滇缅边境、高黎贡山南麓、茶马古道上的腾冲，旅游资源十分丰富，近年尤以温泉旅游而出名。

说到腾冲，总是被张问德《答田岛书》这一大义凛然的被称为抗战正气歌的故事感动。1943 年 8 月日军占领腾冲，当时的县长不战放弃腾冲逃到省城昆明。腾冲已群龙无首，读书人张问德已年逾花甲，揭竿而起抗日。日本占领军头目田岛寿嗣给他写了一封劝降书，张问德不为所诱，义正严词回了他一封信，原信存于腾冲博物馆，内容如下：

田岛阁下：

来书以腾冲人民痛苦为言，欲借会晤长谈而谋解除。苟我中国犹未遭受侵凌，且与日本能保持正常国交关系时，则余必将予以同情之考虑。然事态之演变，已使余将可予以同情考虑之基础扫除无余。诚如阁下来书所言，腾冲士循民良，风俗醇厚，实西南第一乐园，大足有为之乡。然自事态演变以来，腾冲人民死于枪刺之下、暴尸露骨于荒野者已逾二千人，房屋毁于兵火者已逾五万幢，骡马遗失达五千匹，谷物损失达百万石，财产被劫掠者近五十亿。遂使人民父失其子，妻失其夫，居则无以蔽风雨，行则无以图谋生活，啼饥号寒，坐以待毙；甚至为阁下及其同僚之所奴役，横被鞭笞；或已送往密支那将充当炮灰。而尤使余不忍言者，则为妇女遭受污辱之一事。凡此均属腾冲人民之痛苦。余愿坦直向阁下说明：此种痛苦均系阁下及其同僚所赐予，此种赐予，均属罪行。由于人民之尊严生命，余仅能对此种罪行予以谴责，而于遭受痛苦之人民更寄予衷心之同情。

阁下既欲解除腾冲人民之痛苦，余虽不知阁下解除之计划究将何如，然以余为中国之一公民，且为腾冲地方政府之一官吏，由于余之责任与良心，对于阁下所提出之任何计划，均无考虑之必要与可能。然余愿使阁下解除腾冲人民痛苦之善意能以伸张，则余所能供献于阁下者，仅有请阁下及其同僚全部返回东京。使腾冲人民永离枪刺胁迫生活之痛苦，而自漂泊之地返回故乡，于断井颓垣之上重建其乐园。则于他日我中国也不复遭受侵凌时，此事变已获有公道之结束时，且与日本已恢复正常国交关系时，余愿飞往东京，一如阁下所要求于今日者，余不谈任何军事问题，亦不携带有武器之兵卫，以与阁下及其同僚相会晤，以致谢腾冲人民痛苦之解除；且必将前往靖国神社，为在腾冲战死之近万日本官兵祈求冥福，并愿在上者苍苍赦其罪行。苟腾冲依然为阁下及其同僚所盘踞，所有罪行依然继续发生，余仅能竭其精力，以尽其责任。他日阁下对腾冲将不复有循良醇厚之感。由于道德及正义之压力，将使阁下及其同僚终有一日屈服于余及我腾冲人民之前，故余谢绝阁下所要求之择地会晤以作长谈，而将从事于人类之尊严生命更为有益之事。痛苦之腾冲人民将深切明彼等应如何动作，以解除其自身所遭受之痛苦。故余关切于阁下及其同僚即将到来之悲惨末日命运，特敢要求阁下作缜密之长思。

大中华民国云南省腾冲县县长张问德

大中华民国三十二年九月十二日

这份大义凛然的书信寄出后，为全国各大报纸刊载报道，引起很大轰动，张问德因此名震一时。国民政府军政部长陈诚后来代表蒋介石召见张问德，称他为“全国沦陷区 500 个县县长的人杰楷模，不愧为富有正气的读书人”。蒋介石则亲笔题赠“有气节之读书人也”匾额。

有关腾冲的介绍已经很多了，再说就是“天下文章一大抄”，炒冷饭了。我要讲一些我自己感悟出来，而不见于多数文章、介绍中的有趣故事。

首先讲腾冲的温泉。腾冲属多火山区，至今还有许多火山喷发口。关于腾冲的温泉史书就有很多记载。明代大旅行家徐霞客考察过腾冲的温泉，留下一段关于蛤蟆嘴喷射温泉的描写："溯小溪西上半里，坡间烟势更大，见石坡平突，东北开一穴，如仰口而张，其上腭、其中下绾如喉，水与气从中喷出，如有炉囊鼓风煽焰于下，水一沸跃，一停伏，作呼吸状。跃出之势，风水交迫，喷若发机，声如吼虎，其高数尺，坠涧下流，犹热若探汤。或跃时，风从中卷，水辄旁射，揽人于数尺外，飞沫犹烁人面也。余欲俯窥喉中，为水所射不得近。其龈腭之上，则硫磺环染之。"后来徐霞客病重，是腾冲当地政府派人把他抬回原籍的。

因为腾冲有温泉资源，20 世纪 90 年代云南省原计划委员会报来项目申请，要和以色列合资建地热发电厂，但是因为是地热发电，容量很小，大概只有一两万千瓦。可是因为云南腾冲地处边陲，鲜有外商投资项目，对这一虽然很小的合资项目非常重视。我算了一笔账，虽然地热发电是一个新技术，但在中国真正有些规模的只有西藏羊八井地热电站，位于拉萨北部 90 多公里的羌塘草原，海拔 4300 多米，1977 年开始建设，到 1986 年累计建成 1.3 万千瓦的地热电站。枯水的冬春两季发电，我去考察过。电站对于西藏电力供应虽有一定作用，但也不是没有副作用。地下含重金属和硫黄的热水发电后变成地表水，流在草原上，流过的地方受到污染。云南和西藏又不同，云南装机容量比西藏大得多，这点地热发电起不了什么作用，而且云南水力资源丰富，建一个小型水电站也不止一两万千瓦，且投资要省很多，也可避免地下含硫水污染地表。所以我不同意建这样一个地热电厂，我说服云南的同志，建这样一个地热电厂消耗的热水可以建数十个温泉宾馆，莫如建温泉宾馆搞旅游经济效益好。当然云南省层层报上来到我这里被“枪毙”还是悻悻然不太高兴。事隔多年我见到云南省发展改革委米主任谈起此事，他说现在腾冲感谢你，由于未搞地热电厂，温泉旅游搞了起来，成了当地一张名片，旅游者慕名而来，越来越火爆。但他给我讲了个笑话，说也不是没有问题。他说，原来他在曲靖当市长时有个副市长平调到县级市的腾冲当了一把手。几个月后在省城开会，老米见到了他说：“这回你终于当上一把手了，感觉如何？”该同志笑答：“后悔啊！真不该去腾冲。”老米不解地问：“腾冲不是很好吗？”该同志解释道：“你想我们腾冲温泉有名，过去上边来人，兄弟单位来人，我们请顿饭吃就可以了，但是现在到腾冲不洗一次温泉澡那是接待不够热情。我天天洗澡皮都快泡烂了！”现在有了八项规定我想该同志的烦恼可以减轻了。

鲜为人知的还有，日本占领腾冲时看到温泉压力大、温度高，也曾想在蛤蟆嘴附近建一个地热电站，但由于钻探时压力大，当时技术达不到，没有建成。

另一个鲜为人知的事是，抗战时大家都知道有个史迪威公路和驼峰航线，通过史迪威公路将援助国民党抗日的物资从印度运到国民党大后方。但是少有人知还有一条史迪威管道。因为当时大量运输车辆驾驶员虽然动员东南亚华侨，但油料需从印度加尔各答炼油厂运过来，史迪威将军于是建了一条直径不大的螺旋管成品油管，从加尔各答到云南。后来很快“第二次世界大战”结束，这条管道就废弃不用了。在腾冲博物馆的墙上还吊着一段锈迹斑斑的管道。

再一个鲜为人知的事是经我考证，腾冲市内的叠水河瀑布不仅是全国唯一的城市内瀑布，还是中国第一个发电兼灌溉的综合水利枢纽工程，中国大陆第二个水电站。中国第一个水电站是日本占领台湾，在台湾建的水电站；中国大陆第一个水电站是昆明附近螳螂川上的石龙坝电站，该电站由民族资本集资建设，只有 480 千瓦，于 1910 年 7 月开工建设，1912 年 5 月建成发电，用的是西门子的发电机和伏依特的水轮机。2010 年为庆祝中国水电百年，我为了找到确凿证据，叫能源局科技装备司司长李冶找西门子问有无历史资料。西门子图书馆居然保存了完整的石龙坝水电站建设的资料，和两位在现场负责安装的西门子工程技术人员写的记录文章。这两个技术人员居然惊人地预言，尽管这是个居于西南偏僻一隅的小山沟的一个小小水电站，但中国将可能成为世界最大的水电大国。李冶交给我一套从西门子复印来的资料。最近网上流传青岛的下水管道是德国殖民统治者建的，现在在需要维修部分的附近还埋有备品备件。这种工作精神真值得我们赞叹。

再回到叠水河瀑布水电站，其建于1912年，也就是在石龙坝水电站之后两年，辛亥革命后第二年，也是由云南民族资本投资，想发电发展纺织业。结果施工时挖出一个龙形石头，当地居民认为影响了风水，群起反对，就是现在的群体性事件。民国政府出面协调，当时云南省政府主席是辛亥革命元老李根源。调停结果是让投资方的民族资本为当地居民修一座桥，方便往来。另外引出一部分水来走引水渠灌溉农田，其余水用来发电，所以我说它是综合水利枢纽工程。1910年建于石龙坝的水电站是中国大陆第一，叠水河水电站当时是大陆第二。河流落差大，水落下来如散花，因此就有一副著名对联：“叠水如棉，不用弓弹花自散”，下联我未记住。为纪念叠水河水电站建设，李根源勒石为碑，还修了亭子，现在还可看到。

禾木乡的故事

孟学农同志在微信的朋友圈里发了一组禾木乡的风景照，他告诉我禾木乡在新疆的喀纳斯湖。其实我知道，不只是知道，而且非常熟悉。喀纳斯湖20世纪七八十年代就传说有水妖，曾吸引不少人去探秘。

20世纪90年代初，我任原国家计划委员会投资司副司长，当时新疆提出来要搞“引额济乌”工程，就是引额尔济斯河水到乌鲁木齐，后来因资金问题由克拉玛依油田出钱先建了“引额济克”工程，后才建了“引额济乌”。当时我到现场去考察，引额的源头在富蕴县的635高程，可自流到乌鲁木齐。额尔济斯河水量丰富，出境后经哈萨克斯坦斋桑泊流入俄罗斯，是鄂毕河的上游，最终注入北冰洋，是我国唯一流入北冰洋的河流。当时新疆维吾尔自治区计划委员会投资处处长张汉栋（后担任过阿勒泰地区书记，现调入国家发展改革委医改办），还有自治区计划委员会工业处叫吴刚的一位锡伯族干部等陪我，一路自己驾车从乌鲁木齐出发经阜康县、准东油田往富蕴。阜康县县委书记是上海知青，叫张国梁，和我名字只差一字，后来任伊犁州书记，自治区政协副主席，现在应已退休了。到635高程后沿额尔济斯河顺流而上，沿河绿洲有水就有生命，那时自然风光很原始，没有污染，水量丰沛，水质清澈。

我们沿额尔济斯河而上的另一个目的是去看哈巴河县的阿舍勒铜矿。阿舍勒铜矿位于阿勒泰地区的哈巴河县与哈萨克交界的一带，当时据说有可能成为中国最大的铜矿。当时新疆维吾尔自治区发展改革委主任是韩学琦，还曾坐吊篮下到井里探查，后来我们按探采结合给予支持。我也分管工业，所以顺道去看一看。哈巴河县县长也是一位上海知青，当时正在建哈巴河水库，我也去水库看了。可惜这位上海知青县长后来为一件小事受了处分被免职，听说现在回了上海。

当晚到达布尔津县，住县招待所，那时招待所就是条件最好的了。招待所前有个石头大碾子，一个满脸白胡子的老头坐着晒太阳，后来我知道他是俄罗斯族，娶了个中国山东女人。那么他们是怎么到了西北边陲的呢？山东人闯关东到了黑龙江，又跑到俄罗斯一侧的远东地区，第二次世界大战时斯大林把在远东的中国人都迁到西边的乌兹别克和阿勒泰边疆州一带。这位山东汉子娶了个俄罗斯姑娘，他们的儿子就是这位白胡子老汉。老汉又娶了个山东临沂姑娘，生了个女儿叫任双，在招待所工作，但外貌完全像中国人，人很友善。当时布尔津县自发搞旅游，夏季在喀纳斯湖弄上几个木格楞接待游客，天冷了就下来。我们就开车去喀纳斯湖。从布尔津到喀纳斯湖才一百公里左右，由于没有路，只有放牧转场踩出的土路，竟然开了一天。沿途看到牧民在骆驼上载着帐篷，赶着羊群从山上下来。那时喀纳斯湖很原始，有一条小游船，开船的小伙叫别克，长得像个德国人，这一带是多民族杂居地。后来新疆计划委员会打报告，希望国家计划委员会资助资金改善去喀纳斯湖的交通。我回到投资司批准了 200 多万元给新疆计划委员会作为建设喀纳斯公路的前期费用，所以我对开发喀纳斯旅游还作过一点贡献。后来我陪吴邦国同志、黄菊同志去过喀纳斯。陪黄菊副总理去那次，时任财政部部长的金人庆也去了。听说我来了，禾木乡书记任双拿着一塑料桶用蜂蜜酿的酒来看我，她就是当年我认识的俄罗斯老人和山东女人的女儿任双，现在当了禾木乡副书记了。黄菊同志随行人员都很惊讶在这么偏僻的地方我还有朋友。后来在任双陪同下金人庆和黄菊夫人余慧文去了禾木乡，说那里风景真美，是摄影家的乐园，尤其是秋天更美。当时喀纳斯没有电，用柴油发电，噪声大，晚上吵得人睡不着，当地请求黄菊同志帮助从附近一个小水电站把电输过来。这件事我从农网改造渠道帮助解决了。

伊春印象

——资源枯竭型城市转型之艰

伊春位于黑龙江省的小兴安岭腹地，处在北纬46度~49度之间，北临黑龙江，最北的嘉荫县与俄罗斯隔江相望，南接哈尔滨。由于纬度高，夏天的白天特别长，夏天早上3：30天就亮了。这里原来原始森林密布，1931年“九一八”事变后日本占领东北即派遣开拓团在此伐木，1948年东北全境解放就在伊春设立林业局。经过多年高强度开采，原始林实际上已所剩无几，多是次生林。

为了保护东北黑土地，国家实施了天保工程，现在已经全部停止了砍伐，开始了艰难的转型之路。伊春是一个典型的资源型转型城市，历史上为国家提供过优质木材2.7亿立方米，占全国国有林区的20%，据说可绕地球7.2圈，人民大会堂、毛主席纪念堂都用了伊春的红松木。累计上缴利税、育林基金等300亿元。但现在辉煌的木头财政已经不再，2016年伊春全市财政公共预算收入14亿元，财政公共预算支出 127 亿元，主要靠天保工程和财政转移支付维持。伊春全市户籍人口 117 万多人，其中包括临近的三个林业局的城区约 30 万人，中心区伊春区人口约 16 万人。但全市实际常住人口大约 90 万人，城区伊春区约 13 万人，少于户籍人口，每年考出去的学生六七千人，毕业后几乎没有回来的，人口呈净流出态势。经济转型是一条艰难的发展之路，目前主要靠发展蓝莓、木耳、蘑菇、养貂等林下产业，旅游产业以及家具制造等。木材加工业由于停止砍伐，原料来源有问题，过去可从嘉荫口岸进口一些俄罗斯木材，但现在因俄方原因，嘉荫口岸处于关闭状态，靠从其他口岸进口一些。现在接替产业对于弥补财政收入不过是杯水车薪。工资水平较低，一般退休职工月平均工资 2000 多元，五营区的区委书记，行政级别是正处级，月薪才 4000 多元。

谈到经济结构调整，伊春原来有一个林业热电厂，是一个只有 6.3 万千瓦的小机组，却用人 1267 人。我在任时批准建设了华能伊春热电厂，两台 35 万千瓦的超临界热电联产机组，能效高，用人不到 250 人，每年可提供近一亿元的税收，但是涉及关闭老电厂需安置好 1200 多人的就业问题，需要市政府安排，就业压力是很大的。市政府经过努力，原有职工分流到热力公司、物业、安装公司等部门，现已关闭了原有的林业热电厂。所以实际操作中经济转型并非易事。

国家在振兴东北战略中给予伊春很大支持，在基础设施建设方面，新建了伊春机场，2×35万千瓦热电联产电厂，哈尔滨至伊春高速公路，正在规划建设哈尔滨至伊春的快速铁路。给林区棚户区改造和分散的采伐点移民搬迁、林业电网改造国家财政资金的支持。现在应该说基础设施已经比较完备。经过几年的建设，城市的面貌、硬件条件有了很大进步。新区道路宽广整洁，西岭的宝宇温泉度假村和新建居民小区外表看绝不亚于大城市的条件，但是人气还不够旺。新建的林业医院硬件条件也不亚于大中城市的三甲医院。我也去看了一次病，感觉软件条件差距不小。

伊春转型的困难不小，但是国家支持力度也很大。世界上任何事物都是一分为二的，坏事也会转变成好事，伊春在困难中也有许多突出的优势。这里几乎没有什么污染的工业，与自然浑然天成，森林覆盖面达到85%，空气清新，每天都是蓝天白云，黑土地长出的食品环保有机（很多都是庭院经济生产的，不施化肥农药，当然也用不起），且价格低廉。早市豆浆、豆腐脑当你面做，6元钱打一锅，一家人吃不完。黄瓜有黄瓜味，西红柿有西红柿味。不受雾霾之苦，夏季白天气温都在20多摄氏度，早晚只有十几摄氏度。朝有晨雾，夕有晚霞，森林的小气候晚上常有阵雨，房间不用装空调，睡觉需盖被子。对于退休老年人避暑养生是个好地方。其实伊春的旅游从五月份起的杜鹃花海到十月份的五花山也有半年的时光，现在利用起来的只有七八两月旺季。冬季寒冷，但是如果把冰雪旅游开展起来，也应有一定市场。

伊春的好山好水好空气，为提升伊春的绿色分享赋予了先天条件。一些接替产业也呈现了好的发展势头。例如家具业龙头企业已经连续三年实现30%的增长；北药种植、森林食品加工、森林康养业也有好的发展势头。习近平总书记视察伊春时关于“绿水青山就是金山银山，生态就是资源，生态就是生产力，冰天雪地也是金山银山”的指示给了伊春广大干部群众极大鼓舞。伊春目前正在加快建设山水田园综合体，打造休闲避暑胜地、养生度假天堂，搞热冬季冰雪游，叫响“中国林都·伊春雪城”品牌，春赏花、夏避暑、秋观山、冬戏雪，使四季旅游均衡发展。嘉荫的恐龙博物馆可能是目前国内外最大最全的恐龙博物馆之一。伊春物价和工资水平较低，房价一平方米两三千元左右，在伊春买套房只需花不到买北京一个卫生间的钱。

但是据我观察，伊春这几年虽然加大了宣传力度，旅游在升温，但仍有潜力。2017 年 7 月初召开了首届伊春旅游发展大会，但到会的人数比预想得少。前面讲到的西岭宝宇温泉度假酒店，除节假日外洗浴的寥寥无几。盖起的住宅小区空置房不少。东北人到三亚买房，却鲜有南方人到伊春买房度夏。交通仍是制约伊春旅游发展的一个因素，还有就是近年对东北的负面印象。现在铁路到伊春慢车还是不便，哈尔滨到伊春没有高铁，坐火车需 7 个多小时，关内的旅游者很少会选择火车。走哈尔滨到伊春的高速公路开车仍要三个多小时。黑龙江本地的旅游者有多种选择，关内旅游者仍主要选择航空，但目前一天航班只有四五个，多是季节性的。上海和广州至伊春的航班夏季刚开，中间都要经停，满座全天也只能运送四五百人到伊春旅游。

宣传的因素也不可小视。这几年伊春在中央电视台广告也没少做，但有关东北的宣传，负面东西太多，有些言过其实。其实幸福指数不只是 GDP 的增速，此地空气质量好，食品有机且丰富，价格低廉，房价不贵，社会治安良好，不像想象传闻的那样。东北讲关系是事实，但是另一面也很热心、讲情义。伊春是养老避暑的好去处。特别是习近平总书记对伊春的视察，是自刘少奇主席和胡耀邦总书记视察伊春后国家高层领导人再次对伊春的视察，充分体现了党和国家领导人对伊春转型发展的关心重视和支持。习近平总书记对伊春发展作了重要指示，给伊春广大干部群众极大鼓舞，各部门也加大了对伊春转型的支持，铁道部门已经将哈尔滨至伊春快速轨道交通列入规划，相信伊春将迎来快速转型发展的新时期。

对伊春经济发展的建议：

（1）旅游产业必定是伊春的主要产业，今后伊春也不可能搞大的工业项目，绿水青山是伊春的最大财富，所以要保护好，并进一步扩大伊春的绿水青山。伊春旅游季节性强，目前人气还不够旺，交通仍然是个制约因素，宜扩建机场，增加航班；建设从哈尔滨到伊春的快速铁路。研究并引入多种旅游方式，与有实力的旅游公司合作。例如分时度假模式，候鸟式老年公寓，亲近自然夏令营等都是可考虑的方式。建设森林特色小镇。国家应继续支持伊春的旅游基础设施建设，例如旅游道路，污水、垃圾处理等。

（2）要变输血型经济为造血型经济。长期靠国家高额转移支付维持财政支出一方面是国家对天然林保护，从而保护东北黑土地的补偿，但也会滋长躺在国家身上的毛病。转移支付要与业绩指标挂钩，例如要与增加森林面积，增加木材蓄积量的任务挂钩。同时要帮助伊春发展无污染，适合伊春的产业。现在云计算、大型数据库需要在寒冷地区、低电价地区建设，以减少电耗，但是争取这样的项目很难，需要有关部门予以关照支持才行。另外，发展种苗产业也是很好的思路。宁夏的六盘山市是个贫困地区，种苗产业成为了一个重要产业。在河南、安徽都有这样的例子。

（3）调整林相结构，引种优质树种。伊春原以松、杉针叶用材林为主，生长周期长，现在不让砍伐了，可以考虑引种一些优质树种。例如伊春纬度、气候和加拿大及美国东部新英格兰地区相似，可否引种加拿大红枫，加拿大红枫是很好的观赏树种，也可配合旅游发展。林业科技部门可以帮助伊春克服引种中的困难。

（4）2018 年俄罗斯的东线天然气管道就要开通了，当初东线管道优于西线管道的考虑是要优先解决东北一亿人口的用气问题。因为东北只有大庆深部，松原油田有少量天然气，大部分地区用的是石油液化气、煤气和燃煤。俄罗斯东线天然气管道的进口气应优先用于东北地区，而不是输往上海地区。现在听说把管道建到上海地区。根据西气东输的经验应抓紧做好全省的燃气规划工作。伊春目前铺设了部分市内管线，有了通气条件，但用得多的还是液化石油气，应尽早做好燃气规划建设，落实投资人，进一步减少燃用劈柴和煤。

史 海 辨 析

历史上有些东西传来传去，似乎成了史实，但如认真探究就会发现有些人尽皆知的史实其实是谬误。例如去年我特意去看了宋美龄在美国留学时就读的卫诗理女子学院（Wellesley College），就在波士顿附近的 Wellesley 小城，国内外都说宋氏三姐妹共同留学于美国的卫诗理女子学院，传为佳谈。到了波士顿见到不少精英人士也对我这么说，并推荐我去看看她们三姐妹留学的卫诗理女子学院。我去后在该校图书馆查找宋美龄留学时的资料，才搞清楚了，其实只有宋美龄一个人在这所卫诗理女子学院学习过。她的两个姐姐宋霭龄和宋庆龄没有在这所女子学院学习过，而是在美国南部乔治亚州的威斯里安女子学院（Wesleyan College）读书，宋美龄 1913 年前和两个姐姐在这所威斯里安学院学习，那所学校并不属于美国的常青藤学校。美国有三所拼音非常相近的学院，但在不同的州。在与纽约州相邻的康涅狄格州的 Middletown，有一所 Wellesley University，是美国排名第 12 的常青藤大学，发音和宋美龄就读的 Wellesley College 一样，也叫卫诗理女子大学，只是一个是 University，一个是 College。也有人误指该校是宋氏三姐妹读书的学校，其实不是，三姐妹均未在此校学习过。宋美龄到波士顿附近的卫诗理女子学院读书是因为她的哥哥宋子文在哈佛大学二年级学习，家里安排最小的宋美龄在离她哥哥近一点的学校读书，以便哥哥照顾她。宋美龄于 1917 年 20 岁时从这个学校毕业。我搞清这段史实后在微信发了，还受到原国务院副秘书长徐荣凯的表扬，说我澄清了一个史实。但是现在仍有人向我介绍宋氏三姐妹一起在卫诗理女子学院留学。今天我要讲的是另一个更重要的史实，1904~1905 年日俄战争后由美国调停签订的《普利茅斯条约》，这个条约对中国、对东亚近代史影响巨大。

甲午战争中国战败，李鸿章被迫在马关签订割让台湾、澎湖的屈辱条约。其实最初的条约更加屈辱，包括割让辽东半岛。后来帝国主义国家分赃不均，俄、德、法三国看日本占便宜太大，出面干预，要求日本退还辽东半岛，清政府多赔银子，日本当然不干，但迫于羽毛还未丰满，接受了三国条件，这在历史上叫“三国干辽”。我过去也不知道，后来让我任国务院振兴东北老工业基地办公室主任，我到中央新闻电影制片厂查找资料，才逐渐了解了这段史实。

清政府为了感谢俄罗斯从中调停，在李鸿章赴俄罗斯出席尼古拉二世加冕时与俄秘密签订了中俄密约，把在中国东北建筑中东铁路权给了俄罗斯。日本大为不满，在1904年爆发了日俄战争，日本攻占旅顺，俄罗斯战败。美国从中调停，在普利茅斯军港日俄谈判，最终达成《普利茅斯条约》，把在中国东北的南满铁路给了日本，并允许日本以保护铁路为名，在南满驻军。俄罗斯还割让了萨哈林岛南部。以后就有了日本关东军炸死张作霖，日本发动“九一八”事变占领东北等一系列事件。同时普利茅斯在美国还因为1620年最早来自英国的102名清教徒乘五月花号帆船到达美洲，在普利茅斯定居下来，受印第安人帮助，度过了第一年的严寒，第二年取得丰收，为了感谢印第安人帮助，于是有了感恩节，所以普利茅斯非常有名。有人带我去参观普利茅斯，我提出要参观一下日俄签订《普利茅斯条约》的地方，以便了解这个条约的更多史实。但查找半天没有，我觉得不可能，又在网上搜索普利茅斯条约，仍然没错，资料就是这样写的。我不死心，通过谷歌查找英文的资料，发现谈判签约的地方是美国新罕布什尔州的朴茨茅斯（Portsmouth），而非马萨诸塞州的普利茅斯（Plymouth）。同时发现普利茅斯有两个，路标就有两种拼法，一个叫 Plymouth，一个叫 plimoth，这是怎么回事？问了很多人不知道。后来我问到博物馆的工作人员，终于被我弄清楚了。原来清教徒从英国的普利茅斯港出发，正确拼写是 Plymouth，但到美洲靠岸后，他们也把这里定名为普利茅斯，但领头的文化水平不高，拼成了 Plimoth，所以博物馆解释是 400 年前叫 Plimoth，现在正确的名是 Plymouth。百度资料中的普利茅斯条约应该改正为朴茨茅斯条约才对。地点是在美国的新罕布什尔州，而不是马萨诸塞州的普利茅斯。

点亮雪域高原之光

被称为世界屋脊的青藏高原，由于高山险阻，自然环境恶劣，加上长期封建农奴制度的统治，当地球上多数地区已享受到物质文明的时候，西藏还处于蛮荒的黑暗之中。1951 年西藏和平解放时，全区没有电力时，照明只有靠松明子和酥油灯。

追溯起来，西藏的电力建设开始于 1928 年，当时在拉萨北郊夺底沟建设了一座容量只有 92 千瓦的水电站，1946 年由于设备老化停运，西藏又回到没有电的黑暗世界。

一、班禅大师为西藏水电建设提建议

1955 年 3 月 9 日，国务院第七次全体会议决定，由中央拨款并派遣工程技术人员进藏修复拉萨夺底沟水电站和新建一座日喀则小型火力发电厂。1956 年 7 月日喀则 80 千瓦燃油火电厂建成，同年 10 月恢复重建的夺底沟水电站（660 千瓦）建成，揭开了西藏电力工业的新篇章。

到1965年西藏自治区成立时，全区装机容量达到8240千瓦，年发电量2600万千瓦·时。但由于西藏地广人稀，除拉萨、日喀则等少数地方外，多数地方和农牧民还是与电无缘。

20世纪80年代，西藏电力有了较快发展，利用距拉萨90公里，位于藏北草原的羊八井地热，建成了2.4万千瓦当时国内最大的地热发电站，并修建了羊八井至拉萨西郊变电站的110千伏羊拉线，在很长一段时间成为西藏的主力电源。

那时我已在国家计划委员会（现国家发展改革委）工作，当时酝酿建设羊卓雍水电站。羊卓雍湖是一个美丽的高原淡水湖泊，海拔在4400米左右，水域面积620平方公里，前后长有20多公里，但并不宽，一般只有几公里，蓄水量154亿立方米。羊卓雍湖与相距不远处的雅鲁藏布江水头落差有816米高，可以修国内水头落差最高的抽水蓄能电站。

关于修建羊卓雍水电站，当时从“文化大革命”浩劫中已恢复工作的班禅额尔德尼大师和阿沛·阿旺晋美提出了不同意见，为此，水电部、国家计划委员会专门派人去向班禅大师说明。开始我们以为班禅大师是从宗教“神湖”的角度反对，没想到班禅大师很开明、讲科学。他说，他对修建羊卓雍水电站提出意见，不是因为羊卓雍是“神湖”，西藏另有“神湖”，主要是担心高原生态变化。羊卓雍是个湖面面积较大的高原淡水湖，对调节西藏气候影响很大，如修建水电站，大量水下泻发电，会不会使湖面下降、缩小，影响高原生态。

班禅大师的意见很有道理，于是我们对羊卓雍水电站的方案作了修改，改为抽水蓄能电站，在用电高峰时往下放水，低谷时用来抽水，再把水抽回湖中，这样可不减少湖水。另外明确羊卓雍湖面发电最低控制水位海拔高为4437米，低于这一海拔时停止发电。这一修改意见得到了班禅大师的体谅，羊卓雍抽水蓄能电站才得以修建。后来几年羊卓雍湖来水状况很好，湖面不仅没有下降还有所上升。

二、西藏电力建设的高潮

由于西藏地域广阔，电力装机少，到20世纪90年代我直接分管电力工业时，拉萨、山南、日喀则、林芝、昌都五个组团互不相连，都是独立的供电区，位于阿里地区的狮泉河除少量柴油机发电外几乎还没有电力供应。

中央第三、第四次西藏工作座谈会后，为保障西藏的经济社会发展，我们批准建设满拉和沃卡一级水电站，由于都是在海拔4000米以上，工程条件艰苦，由武警水电支队施工。这两个电站装机容量都不算大，但造价极高，在建设过程中一再超概算。到了2000年这两个电站相继建成，但代价太高。为了能更好地控制造价，西藏电力部门要求西藏自治区自己来承建。

为此，在稍后审批位于昌都地区的金河电站时，首次同意由西藏电力公司作为项目法人进行建设管理。金河电站的一个山洞在“文化大革命”期间就打好了，后来工程停止，近年在昌都地区发现了玉龙铜矿，如要开采就要有电力。我去西藏时，自治区领导多次要求批准金河电站。时任自治区财政厅长的杨晓渡当年从上海大学毕业后主动要求去西藏，他曾在昌都工作过，充满激情。他表示如果建电站，愿意回到昌都去抓这个项目，他的这种工作热情也感动了我。

金河电站装机容量60万千瓦，在西藏算是个不小的项目，由国家全额拨款5.21亿元建设。我于2001年9月批准了金河电站的可研报告，2004年8月4台15万千瓦机组全部并网发电。这个电站工期没有拖，概算控制尚可，是“十五”期间西藏开工并建成的一个主要电站。

我分管西藏电力工作后开展的另一项重要工作是将拉萨、山南（泽当）、日喀则三个独立区域网连接成藏中电网。这三个地区是西藏政治、经济中心，人口也相对集中，拉萨和日喀则分别是达赖、班禅的驻锡地，称为前藏后藏的中心，山南被认为是藏民族的发祥地，是西藏主要农业地区。我曾站在山南的藏王庙上，俯瞰下去，一片麦浪滚滚。这三个地区相对比较集中，较易联网，现在已连接成藏中电网。到 2005 年藏中电网装机容量 23.728 万千瓦，西藏电力主要集中于这个地区。现在西藏分为藏中、昌都、林芝、阿里四个区域网，今后计划将林芝与藏中电网相连，而昌都、阿里距离太远，将西藏连成一个电网是困难的，现在正在将昌都与藏中电网相连。

羊卓雍电站是以抽水蓄能电站名义建的，但建成后实际没有足够的电源可供抽水，仍然是一个只发电的水电站。“十五”期间又建了一台 2.25 万千瓦机组，因此羊卓雍装机容量总计为 11.25 万千瓦，几乎占了藏中电网一半。西藏自治区政府强烈要求批准建设直孔 10 万千瓦水电站，这样尚有可能必要时抽水蓄能，工程总投资要 13.37 亿元，而且主要靠财政拨款。我鉴于满拉、沃卡的教训，采取谨慎态度，迟迟未批。直到 2002 年 11 月，考虑到西藏电力增长的需求才批准了可行性研究报告，并尝试改变由中央财政全额拨款的做法，由中央拨款 80%，10.7 亿元，西藏电力公司贷款 2.67 亿元，占 20%。

2006 年 7 月 1 日青藏铁路通车后，西藏社会经济发展加速，电力增长在 14%以上，西藏也开始严重缺电，幸亏直孔 4 台机组相继投入发电。2007 年 7 月 5 日我再次进藏参加青藏铁路验收，7 月 7 日传来喜讯，直孔电站已满负荷发电。看来当初批准直孔电站建设还算及时，否则西藏缺电引发的困难不堪设想。

阿里狮泉河电站的审批让我尴尬。阿里地区离拉萨较远，人口不多，战略地位重要。早在 20 世纪 90 年代末期，曾在阿里工作过的近百名同志联名写信要求国家批准狮泉河电站建设。但狮泉河电站装机容量 6000 千瓦，投资却要 4.26 亿元，每千瓦造价是内地建同类电厂的 8 倍，所以我一直迟疑未予批准。

为解决阿里供电需要，我特别批了阿里建太阳能光伏电站，并将拉萨拆下的柴油机组调往阿里。由于海拔高，空气稀薄，柴油发电耗油，出力下降。阿里地区仍不断反映，要求建设狮泉河电站，虽然容量不大，造价高，但是清洁可再生能源不消耗燃料。到 2003 年 11 月，虽然造价高，我还是下决心批准了这个电站，2004 年 7 月开工，2006 年 9 月 1 日开始发电，年底全部建成，从此高原上的阿里夜晚是光明的了。

2001 年 6 月 29 日举世瞩目的青藏铁路开工建设。我作为青藏铁路建设领导小组成员，协调青藏铁路建设和运营的供电问题。2001 年 6 月 3 日我从格尔木驱车沿青藏全线跑了一趟，当时青海电网的电只通到格尔木，西藏方面的电只通到那曲，从格尔木到那曲近 1000 公里路段没有电。研究决定请青海电力公司从格尔木向昆仑山直到沱沱河长江源头架线。由于电压不高，线损大。西藏方面电力本来就不多，2002 年 9 月批准西藏方面从那曲向安多建设 110 千伏线路 539 公里，变电站 4 座，配套 3.5 万伏线路 40 公里。青藏铁路供电工程从 2003 年 4 月开工到 2005 年年底全部完成，有力地支援了青藏铁路建设。现在剩下的从沱沱河到安多的一段，铁道部也自己架线修建了。

三、解决分散农牧民的用电

西藏地区农牧民居住分散，到 2001 年年底有无电乡 460 个，无电村 5254 个，180 万无电人口。

从 2002 年起，为解决无电乡农牧民用电，我们开展了送电到乡工程，主要采用太阳能光伏发电，也叫光明工程。到 2005 年实际向西藏投入了 13.68 亿元，建设光伏电站 322 座，解决了 318 个无电乡用电问题，还建设 24 座小水电，在建 73 座，解决 100 个无电乡用电。

2007 年 7 月 5 日，我陪同马凯同志翻越 5040 米高的米拉山，沿途看到农网改造新立起的电杆和整齐的绝缘瓷瓶，农牧民都用上了电。我问一户藏族同胞电价，他告诉我每度电 0.42 元。到了拉萨墨竹工卡县一所小学，有一座国家发展改革委基础产业司援建的 6 千瓦光伏电站，解决了学校照明问题，学校还可以放录像，看电视了。西藏点亮了。

次日晚，我们漫步在布达拉宫广场，散步在八廓街，雄伟的布达拉宫彩灯映照，八廓街上灯火通明，人们难以相信这是在高原的西藏。看到林芝城中广场上晚饭后居民们自发集体跳起锅庄[1]，比在北京街头看到跳广场舞的人群还要热闹。

但是西藏用电在 14%的增长速度下，除昌都地区外，还是缺电，并且独立的电网其他地方难以支援。2006 年 5 月 14 日国家发展改革委批准建设林芝巴河雪卡水电站，装机容量 4 万千瓦，投资 7.23 亿元。雪卡电站位于工布江达县美丽的巴松措湖下游，巴河河口处叫老虎嘴，正在规划 10.2 万千瓦水电站。

十多年来我有幸分管电力工作，规划批准了西藏的大大小小电力工程，足迹踏遍了西藏的主要电站，看到点亮

---

[1] 一种藏族的民间舞蹈。

的高原之光，我无比感慨和自豪。2007 年 7 月 5 日 ~8 日，已年逾花甲的我随曾培炎同志、马凯同志进藏验收青藏铁路，看到西藏的变化，写下一首小诗以明志：

老夫再发少年狂，年逾花甲重进藏，
有幸策划筑天路，又谋点亮高原光。
满拉沃卡羊卓雍，直孔雪卡狮泉站，
农网通达无电乡，太阳能照牧民房。
南迦巴瓦雪峰寒，鲁朗原始林海广，
青山踏遍留丹心，人生奉献是辉煌。

古丝绸之路正在重现辉煌

——在2017欧亚经济综合园区发展论坛上的演讲

有人曾经问我什么样的城市可以称得上国际大都市？据说在盛唐时期长安有人口约100万人，其中20万人是来自西域的胡人，外籍人口的比例达到了20%。如果按此标准，现在中国可能还没有哪个城市能够达到，在世界上有没有我不知道。估计即便有也不会多。可见当时以长安为起点的丝绸之路与中亚、欧洲各国交往之盛。为了求证这

一点，有人曾经给我推荐了唐朝著名诗人李白的一首诗《少年行》，全诗如下：

五陵年少金市东，银鞍白马度春风。

落花踏尽游何处，笑入胡姬酒肆中。

可见当年在长安有许多来自西域的外籍妇女开的酒吧，相当于现在的星巴克咖啡店。

欧亚大陆本来就是连成一片的陆地，她和美洲的新大陆不同，自古以来欧、亚各族各国人民就有着密切的文化、宗教、科技、经贸的交流，而这些交流活动主要是通过被称之为丝绸之路的陆上通道进行的，后来由于战乱，又开辟了海上的丝绸之路。21 世纪初，为了建设中亚天然气管道，我多次出访土库曼斯坦，在那里还能看到古丝绸

之路的影子。土库曼斯坦虽然气候干旱，但却能看到像中国的江南一样种桑养蚕，妇女爱穿丝绸的长袍，遗憾的是他们的缫丝和丝绸纺织业不发达。因此我们在引进土库曼斯坦天然气的同时，也援建了土库曼斯坦缫丝厂和丝绸纺织厂。

我很有幸在自己的工作生涯中与丝绸之路结下了不解之缘，亲身感受到“一带一路”战略的重要意义。特别是在经济全球化受到挑战的时候，“一带一路”的愿景和行动体现了和平、交流、理解、包容、合作、共赢的精神，是继续坚持经济全球化，反对孤立保护主义的重要举措。中国改革开放以来经济持续快速发展，能源需求也迅速增长，1993 年起中国成为石油的净进口国，进口数量也迅速增加，而进口渠道主要是通过海上进口中东原油。20 世纪 90 年代末和进入 21 世纪以来，我们开始与中亚国家和俄罗斯商谈油气合作。2006 年 5 月中哈原油管道一期工程建成通油，成为中国第一条陆上石油进口的管道，到 2017 年 3 月底已经累计向中国出口原油 1 亿吨。在中国与土库曼斯坦、乌兹别克斯坦、哈萨克斯坦四国元首共同推动下，2009 年年底中亚天然气管道建成投产，至今已经累计向中国出口 1900 亿立方米天然气。管道也从过去的一条，增加到了 ABC 三条，第四条 D 线也开始了建设。天然气的合同数量也从最初的每年300亿立方米扩大到680亿立方米，包括中国香港在内的广大地区用上了来自土库曼斯坦的天然气。由于中国技术和资金的投入，加快了中亚合作国家的能源资源勘探开发，拓展了这些国家的出口市场，对推动这些国家经济发展的作用明显。以中亚天然气管道为例，土库曼斯坦是中亚盛产天然气的国家，2005年出口天然气达到340亿立方米，但只有单一管道出口到俄罗斯和欧洲，出口价每千立方米仅44美元。2006年1月我第一次访问土库曼斯坦商谈建设中亚天然气管道时，土库曼斯坦首都阿什哈巴德周边农村房屋看上去还比较破旧，和过去中国北方农村的土坯房差不多。由于现在有了多元化市场，土库曼斯坦的天然气价格也大幅度上涨，国家财政收入增加，如今处于沙漠腹地的阿什哈巴德已经成为一个美丽的现代化首都。自古土库曼斯坦就是汗血宝马的产地，看到古今丝绸之路的变化，我在讲述中亚天然气管道的一首词中说："凭谁知，汗血宝马，故里星移斗转。"

2008年6月30日中亚天然气管道在乌兹别克斯坦古丝绸之路上的名城布哈拉市沙漠中开工。当富有西域风情的乐曲奏响，我真的陷入了沉思，想到漫漫古丝绸之路上悠久的历史，我今天有幸作为特使见证这一值得纪念的时刻，写了一首即兴而发的自由体诗：

当第一条焊缝电弧点燃，
当西域情调乐曲奏响，
我陷入跨越时空的遐想。
丝绸之路的故事源远流长，
驼铃叮当，
商路漫漫。
张骞出使气节悲壮，
唐僧取经意志坚强。
有大雪满弓刀的惨烈战场，
有古来征战几人还的戍卒哀叹，
有西出阳关无故人的离愁怀乡。
时光越千年，
世事沧桑。
当沪穗燃起蓝色火苗，
可曾会想起这来自万里之遥的丝绸古道？
可曾会想起石油人异域沙漠中的挥汗奋战？

中亚天然气管道的建设惠及了沿线四国的发展，真正做到了双赢。应乌兹别克斯坦的要求，最初线路走向做了一些调整，将乌兹别克斯坦多余的100亿立方米天然气也通过中亚天然气管道出口到中国。经过哈萨克斯坦时，应

哈萨克斯坦要求，建设了中亚天然气管道南线管道。因为哈萨克斯坦的油气资源主要集中在西北部，南部缺少天然气供应，这条支线将阿克纠宾附近60多亿立方米的天然气输往南部的缺少能源地区。2017年我曾看到报道，南线管道已经通气，惠及了哈萨克斯坦南部150多万居民用气。多余的天然气还可进入中亚天然气管道输往中国，为哈萨克斯坦提供了2000人以上的就业岗位。

长1万公里的中亚天然气管道可能是世界上最长的天然气管道了。通过古丝绸之路的油气运输大通道究竟有什么意义？我通过下面一些数据介绍一下。去年我国进口原油3.8亿吨，对外依存度已经超过65%。目前我国只有三个陆上通道，中哈、中俄和中缅，这三条管道去年实际进口原油量只占全部进口量的不到8%，还有3亿多吨需要从海上进口。即便按三条通道满输7000万吨计算，也只占进口量的18%左右。保持一定量的陆上输油量对中国原油进口多元化，保障能源安全是十分重要的。古代的丝绸之路已经成为能源运输大通道。油气管道的建设也增进了中亚各国各族人民的友谊和互信，在此基础上经贸合作的范围和领域也迅速扩大。

近年中国与哈萨克斯坦开展产能合作，国家发展改革委委托我曾担任会长的中国产业海外发展协会具体经办此项工作。目前已经涉及52个项目和282亿美元的投资。其中江淮汽车组装厂项目一期已经建成。中方联合体在阿斯塔纳建设轻轨交通，是哈萨克斯坦首条轻轨生产线。葛洲坝水泥厂在克孜勒奥尔达州建设了日产2500吨水泥熟料项目，填补了哈萨克斯坦的水泥生产空白。天津锐思钢管公司在哈萨克斯坦建设了大口径焊接钢管生产线。新疆三保实业集团在巴甫洛达尔州建设年产 3 万吨聚丙烯及 3.5 万吨 MTBE 项目。我刚刚从江苏的扬中市参加完国际绿色能源发展大会过来，哈萨克斯坦丝路基金的董事长也来了，他告诉我中国的企业已经开始在哈萨克斯坦投资光伏发电站，中哈的合作已经扩大到了新能源领域。这些合作增加了哈萨克斯坦的就业。塔吉克斯坦在苏联解体后电力供应十分紧张，新疆特变电工在塔吉克斯坦开展电力基础设施建设，改善了塔吉克斯坦的电力供应状况。在中亚地区，今后光伏、风电等新能源有可能成为有潜力的合作领域。中国与丝绸之路沿线的产能合作刚刚开始，相信今后会有更多的成果。据中国海关统计，中国与中亚国家的贸易额从 1992 年建交时的 4.6 亿美元，2016 年达到 450 亿美元，几乎增加了 100 倍。

我在任时还分管过交通运输，经手审批了精伊霍铁路，使霍尔果斯继阿拉山口之后，成为新疆第二个通往中亚、欧洲的铁路口岸。现在霍尔果斯口岸成为了世界上首个跨境自由贸易和投资合作区。现在的阿拉山口和霍尔果斯口岸很像汉朝时的玉门关和阳关，成为丝绸之路经济带的前沿。现代化的铁路早已取代了驼铃漫漫的丝绸之旅，我们把起自太平洋岸边的连云港直到欧洲大西洋畔港口的铁路称为欧亚大陆桥。这应该是比海运距离短、时间省的欧亚最便捷的交通通道。现在从浙江义乌到伦敦的班列作了往返运输，共开设了中欧班列运行线51条，国内开行城市27个，到达欧洲11个国家28个城市，累计开行班列3200多列，仅此一个数据，足见通过欧亚大陆桥，沿丝绸之路，东西方贸易之繁荣。随着“一带一路”战略的实施和政策的便利化，可以预见，东亚国家与欧洲、中亚各国沿欧亚大陆桥的经贸合作、人员往来会更加繁荣，造福于沿线各国各族人民。我有时也听到班列货物不足的反映，我一直对充分发挥欧亚大陆桥作用抱有期待，但是我感到还有许多政策可研究，有潜力可发挥。韩国在乌兹别克斯坦建有汽车厂，那里有20万韩国移民，是第二次世界大战时苏联从远东迁过去的。韩国、日本的汽车零配件等货物开始有一些经这条欧亚大陆桥运往中亚和欧洲，比海运大大缩短运输时间，减少运输费用，但后来越来越少利用这条铁路运输，又走海运了，原因是认为运费并不便宜。对其他国家利用这条铁路运输的过境货物，能否有一些优惠政策，鼓励他们多使用这条铁路？例如，我们铁路运输收取3.3分/(吨·公里)的铁路建设基金，还可能有其他一些杂费，对过境货物能否不收？我想如果采取一些优惠政策，欧亚大陆桥的过货量还能增加。

丝绸之路上的经贸合作离不开沿线国家和各族人民的政治互信，政治互信保证了经贸合作，经贸合作推动了政治互信。铁路等基础设施建设在丝绸之路经济带的合作中潜力很大，但由于轨距不同，仓储基础设施不足，必须在互信的基础上找到好的解决方案。由于我在能源领域合作中与哈萨克斯坦方面交往较多，纳扎尔巴耶夫总统曾授予我友谊勋章。我和哈萨克斯坦总理卡西莫夫、副总理克里姆别托夫、石油部长门巴耶夫都建立了很好的友谊。有一年哈萨克斯坦粮食丰收，第一副总理陪纳扎尔巴耶夫总统来访。在人民大会堂会谈时，向我提出能否向中国出口一些小麦，在征求发展改革委经贸司、商务部意见时被否了，哈方又提出能否利用欧亚大陆桥铁路运到连云港再出口到东南亚国家也被否了。我觉得哈萨克斯坦在能源领域与我们合作很好，在粮食问题上人家有求于我们，也应该积极想办法帮他们一下，但是由于部门之间意见不一致，我也无能为力，感到很郁闷。今年2月5日，我看到报道，一列来自哈萨克斯坦装有720吨小麦的火车经阿拉山口入境，抵达中哈（连云港）物流中转基地，然后第二天换装海运，离境发往越南。这是哈国小麦首次从中国过境发往东南亚市场，也标志着中哈粮食过境安全大通道正式打通。我看到这则消息非常高兴。据了解，这是在“一带一路”倡议的框架下，中国政府提出“愿在新亚欧大陆桥东端的连云港，为成员国提供物流、仓储服务”。随后，中哈两国相关部门签署了《关于加强和改善新亚欧大陆桥国际物流运输框架协议》，其中明确双方将充分利用连云港新亚欧大陆桥东方桥头堡和“一带一路”陆海交汇点区位优势，以及哈铁快运在货物运输和货源组织等方面的优势，共同促进新亚欧大陆桥物流运输发展。此次哈萨克斯坦小麦从我国顺利过境，正是对这一协议的积极落实。我觉得国与国之间的合作就应该是这样，互利共赢，互帮互信才能持久。

经过20多年的发展，在各国元首的亲自推动下，中国与中亚各国的关系越来越密切，与哈萨克斯坦发展了全面战略伙伴关系，与土库曼斯坦发展了长期战略伙伴关系，与其他三国均建立了战略伙伴关系，政治关系都非常密切。与相邻的哈萨克斯坦、吉尔吉斯斯坦、塔吉克斯坦三国通过谈判解决了历史遗留的边界问题，大大增进了彼此间的友好与信任。大家都是上海合作组织成员，这对巩固西部边境的安全也是十分有利的战略举措。丝绸之路是个大通道，伊朗、阿富汗等国也曾来探讨过利用丝绸之路开展能源合作的可能性。但是由于阿富汗的持续战乱，三股势力的活动，现在通过陆上通道与伊朗、中东地区开展贸易还不通畅。随着国际形势的变化，丝绸之路可能会更加辉煌。

丝绸之路不仅仅是商贸之路，商贸繁荣也必然带来人文的交流，互信也离不开人与人之间的交往，希望通过欧亚论坛等多种形式，为丝绸之路的繁荣助力。